Paru dans Le Livre de Poche :

SERGE BRUSSOLO

Le Nuisible

ROMAN

DENOËL

NUISIBLE (...) — Spécial t. *Animaux nuisibles* : animaux parasites, vulnérants, porte-virus, venimeux et destructeurs (d'animaux ou de végétaux utiles).

PETIT ROBERT, 1970.

PROLOGUE

Il y avait eu des signes avant-coureurs. Des présages que Georges n'avait pas su interpréter, des choses troubles se déplaçant à fleur d'eau telles ces ombres que l'on perçoit du coin de l'œil à la limite du champ visuel, et qui disparaissent sitôt qu'on tourne la tête.

Et surtout, surtout, il y avait eu ce pigeon qui, déséquilibré par une brusque saute de vent, était venu percuter sa cheville alors qu'il s'avançait sur le perron de la villa. Le projectile de plumes l'avait frappé de plein fouet. Mou, tiède. Constellant de duvet le bas du pantalon et le cuir ciré des chaussures. Georges, à ce contact, s'était senti gagné par un étrange malaise. Après il avait remarqué que l'animal malade traînait une aile pendante, visiblement déboîtée, et semblait avoir le plus grand mal à contrôler sa trajectoire. Mais il avait conservé sur sa peau la chaleur de l'impact avec sa mollesse suspecte de poire blette. C'était comme si une tumeur volante était venue subitement meurtrir sa chair, la marbrant d'un hématome analogue à ces marques d'infamie jadis imprimées au fer rouge sur l'épaule des condamnés. Il s'en était trouvé inexplicablement souillé, porteur d'un signe indélébile.

En fait, lorsqu'il eut plus tard le loisir d'y réfléchir, il comprit que c'est à ce moment, et à ce moment précis, que tout avait commencé...

1

Georges regardait les bulles s'élever le long des parois du verre, former des grappes, des essaims, ou au contraire venir crever seules à la surface du liquide. Les quelques centilitres de champagne stagnant au fond de sa coupe l'hypnotisaient plus sûrement que le spectacle de la mer contemplé du haut d'une falaise par un jour de décembre.

Le cocktail s'éternisait. Le brouhaha des conversations avait fini par se fondre en un ronronnement uniforme, une sorte de berceuse monotone qui donnait envie de se coucher sur la moquette et de fermer les yeux.

L'éclat d'un flash lui brûla la rétine. Un micro fila vers lui, se stabilisa à quelques centimètres de ses lèvres. « En tant qu'éditeur pensez-vous que les prix littéraires puissent encore avoir un quelconque impact sur le public, surtout dans un genre aussi populaire que le roman policier ? »

Georges sentit ses lèvres se mettre à remuer, sa langue s'agiter pour former des mots, des phrases. A question usée réponse usée. Il n'avait qu'une idée : expédier l'importun et se replonger dans la contemplation de son verre de champagne. A deux reprises déjà l'attachée de presse avait posé sa main aux ongles nacrés sur la manche de son smoking en lui soufflant à l'oreille : « Vous ne vous sentez pas bien Georges ? »

Il avait bien sûr protesté, mais le son de sa voix le trahissait ; depuis le début de la soirée il chantait ses phrases un ton trop haut comme un mauvais comédien qui cherche à apprivoiser une tirade rebelle.

Il se secoua, essayant de reprendre pied dans la réalité. Là-bas l'auteur couronné souriait béatement au centre d'un cercle de critiques, faisait des traits d'esprit, pontifiait, Georges n'eut pas le courage de le rejoindre. Du coin de l'œil il chercha la silhouette de Nicole, sa femme, mais la masse compacte de la foule s'opposait à toute tentative d'investigation. Elle avait probablement rejoint d'anciens camarades, peut-être même les gens de l'équipe télé avec qui elle avait plaisanté au moment des présentations. Son extrême jeunesse puisait en de telles manifestations une pâture de choix, il eût été malvenu de lui en tenir grief. Il parcourut encore un long moment l'assemblée sans parvenir à isoler la mousse de cheveux blonds et l'interminable dos dénudé qui constituaient, pour ce soir, la fiche signalétique de la jeune femme. Il finit par buter sur Laurent, très à l'aise dans son costume de cuir havane, qui parlait à voix basse à l'oreille d'une jolie rousse filiforme. Au bout de quelques secondes la fille pouffa en rougissant et Laurent s'écarta pour se frayer un chemin en direction du buffet. Georges l'intercepta à mi-course.

— Tu n'as pas vu Nicole ?

Laurent secoua négativement la tête, faisant frémir les boucles noires dégringolant en grappes sur son front.

— Excuse-moi, vieux, fit-il à mi-voix, mais ça marche très fort pour moi, j'ai une opération en cours !

Georges regarda s'éloigner la silhouette athlétique de son ami d'enfance avec un petit pincement au cœur. Dire qu'ils avaient tous deux le même âge ! Machinalement sa main droite avait filé vers ses tempes dégarnies, effleurant la peau du visage précocement ridée. Quelque chose se fêla très loin, tout au fond de lui. Déjà Laurent revenait à la charge, posait

12

sa large paume sur l'épaule dénudée de la fille rousse. Georges serra les mâchoires, après tout Laurent n'avait rien à faire ici. Médecin de profession, il n'avait jamais entretenu le moindre lien avec le monde littéraire. Seul le privilège d'avoir été l'ami d'enfance du « patron » lui ouvrait les salons des cocktails saisonniers, il en profitait généralement pour faire la conquête d'une journaliste ou d'une attachée de presse. Quand Georges le traitait de débauché, il répliquait avec une moue désarmante : « Comment ? De quoi te plains-tu ingrat ? Grâce à moi tu disposes toujours d'un médecin dans la salle, un toubib expérimenté et dynamique qui ne réclame pour honoraires rien d'autre qu'un peu de chair fraîche ! »

Que pouvait-on répondre à cela ?

Un flash crépita, tout près, gommant les contours des êtres et des choses. Georges oscilla une seconde au sein de ce brouillard lumineux, puis se dirigea vers la terrasse. Tout de suite le vent froid de l'automne le fit frissonner. Des bouffées de feuilles mortes remontaient les allées pour venir crépiter sur les portes-fenêtres avec un bruit de billet froissé. Des voitures estampillées de l'inévitable macaron de presse encombraient le parking du restaurant. Plus loin c'était la ville avec ses ramifications grises, le chuintement des roues sur l'asphalte mouillé. Georges rentra la tête dans les épaules. Le mal était en lui depuis plus d'une semaine, depuis que son regard avait effleuré le calendrier, depuis que les symptômes de l'automne se faisaient plus présents. C'était comme une poche d'angoisse prête à crever, un ballon de fiel emplissant son estomac. Comme chaque année depuis cinq ans, il essayait de donner le change, s'abîmant dans une activité forcenée et toute artificielle, martyrisant ses collaborateurs, inspectant les différents services l'œil en éveil, relevant la moindre faute, la plus petite négligence. Mais rien n'y faisait. Le noyau d'inquiétude continuait à grossir, envahissait son esprit.

Il avait froid. Une petite bruine glacée commençait à saupoudrer son smoking d'un essaim de gouttelettes. A l'instant où il amorçait son demi-tour un pigeon, déséquilibré par une brusque saute de vent, rata son atterrissage et vint le percuter à la cheville. Georges sursauta, noyé d'effroi. Déjà la bête s'était éloignée mais son contact demeurait, inscrit sur la chair de l'éditeur en un halo mou et brûlant. C'était comme un attouchement furtif et malsain, le baiser d'un grand contagieux. Un sceau infâme et dangereux. Georges serra son verre à le briser, là-bas, un peu plus loin, l'oiseau sautillait avec peine. Son cou pelé, ses plumes ébouriffées, trahissaient la maladie. Georges dut lutter contre l'envie féroce de lui jeter des pierres, de le poursuivre et de l'achever à coups de bâton. La persistance de l'impact sur sa cheville détourna le cours de ses pensées et mua sa colère en dégoût viscéral. Il ne pouvait pas rester ainsi. Souillé. Des phobies enfantines débordaient la digue de ses certitudes d'adulte. La peur du tétanos, des maladies qu'on attrape en caressant les bêtes, les microbes convoyés par les baisers des étrangers... Toute une mythologie dont sa mère lui avait jadis égrené les versets jour après jour. La flûte que ne sillonnait plus aucune bulle tremblait entre ses doigts. Il fallait qu'il se ressaisisse, à tout prix. Il lui sembla que l'auréole chaude sur sa cheville devenait brûlante, territoire de fièvre ; que sa peau se hérissait déjà de flétrissures, que...

Il n'y pouvait rien, la peur déferlait sur sa nuque, coulait le long de sa colonne vertébrale, plombait ses reins.

N'y tenant plus il se rua aux toilettes, sortit son mouchoir, le mouilla au robinet. Il se baissa, interrompit son geste. Non, il ne pouvait pas faire ça là, si quelqu'un entrait il aurait l'air parfaitement ridicule... Il n'hésita qu'une seconde, se précipita à l'intérieur d'une des cabines et rabattit le loquet. Posant le pied sur la lunette, il entreprit ensuite de relever le bas de son pantalon et de frictionner sa cheville à l'aide du linge humide. Immédiatement il se sentit mieux. Il aurait bien sûr préféré un désinfectant mais les circonstances n'autorisaient pas de telles exigences. Il maintint la compresse un long moment, attendant que l'angoisse reflue, que la peur regagne la poche noire de son cerveau.

« Cérémonial névrotique », les mots — lus dans une revue — tourbillonnaient sous ses paupières.

Comme il allait se relever des voix résonnèrent derrière la porte, poursuivant sur fond de bruits mouillés une conversation visiblement commencée dans la salle.

— Une histoire comme ça va lui rapporter une petite fortune. Jean-Bernard m'a dit que les droits de représentation ont été achetés par les Américains. Wallson serait sur le coup, tu sais le type des films-catastrophes !

— C'est sa femme, la petite blonde musclée qui parlait avec Alex ?

— Ouais, joli lot, hein ?

— Vont pas bien ensemble si tu veux mon avis.

— Ouais, c'est vrai. Il a toujours l'air à côté de ses pompes. Il paraît qu'il se pique, mais je n'y crois pas.

— C'est bien sa deuxième femme, non ?

— Exact. La première est morte. Suicide. S'est foutue sous un train.

— Elle écrivait, il me semble. Y a eu pas mal de bruit autour d'elle. Je me rappelle maintenant : Jeanne... Jeanne quelque chose. Elle faisait des bouquins pour gosses, des disques. Elle en a vendu des millions, une grosse affaire ! C'était y a six ou sept ans, les canards étaient remplis de pub pour ses livres. Même ma femme en a acheté pour le gosse. On a su ce qui s'était passé ?

— Dépression. La gloire lui a monté à la tête, elle n'a pas tenu le coup. En tout cas il a pas perdu au change côté carrosserie !

Une cascade de rires gras fit écho au jet d'eau sur la

porcelaine du lavabo. Les dents soudées, Georges entendit le souffle chaud de l'appareil sécheur, puis le grincement de la porte. Il était de nouveau seul.

Une rage froide flamba dans sa poitrine, immédiatement suivie par l'oppression caractéristique de l'angoisse. Jeanne... Nicole... Ils avaient parlé de lui, colportant les plus infâmes ragots à quelques mètres seulement de celui qu'ils venaient de prendre pour cible. Ironie du destin. Sans le pigeon il ne serait jamais allé s'enfermer dans les toilettes. Présage ?

Il haussa les épaules. Il n'avait plus qu'une envie : récupérer Nicole et quitter cette mascarade. Il jeta son mouchoir dans la corbeille, sortit. Un nuage de fumée bleue flottait sur la salle. Les groupes s'effilochaient. Le buffet, bouleversé, semblait avoir subi l'assaut d'une armée de vandales. La chevelure blonde de Nicole moussa subitement au creux d'un groupe, il piqua vers elle. Au passage Laurent lui fit un clin d'œil.

2

Georges rêvait. Et le rêve l'engluait comme une pâte molle et noire, une guimauve au parfum amer, sans cesse plus épaisse. Etranges coulées d'une lave inexplicablement froide, crème aigre en voie de solidification dont — à tout instant — il risquait de demeurer prisonnier.

Tout autour de lui les murs de la maison n'étaient plus constitués de briques rouges mais de piles de romans policiers en équilibre précaire, et qu'aucune colle ne retenait entre eux. Le vent de la nuit jouait dangereusement dans cet assemblage avec des soupirs ironiques, feuilletant les pages frissonnantes, arrachant çà et là une couverture au titre racoleur, comme la tuile d'un toit un soir de tempête.

Et Georges courait, les bras chargés de nouveaux volumes, essayant tant bien que mal de consolider les parois tremblantes, égrenant les titres jaunes s'entassant en strates successives au hasard des tranches numérotées.

Sa prière inutile s'envolait au rythme des pages emportées par la bise : *L'Ombre des assassins*, *Le Signe du fou*, *La guillotine ne rouillera pas*...

Il courait, maçon ou bibliothécaire, il ne savait plus, colmatant les brèches ouvertes par la disparition soudaine de la série entière des enquêtes du commissaire Willoc ou des *Crimes inédits du révérend père X*...

La bâtisse s'effritait, librairie en péril, château de cartes battu par l'averse. A d'autres moments il lui fallait monter la garde aux créneaux ou dans l'embrasure d'une fenêtre, fusil en main, pour se protéger des hordes de rats sourdant du sol à chaque minute, grignotant les assises du bâtiment chapitre par chapitre, ou des commandos de collectionneurs prêts à tout pour arracher à la fragile muraille l'édition originale du premier roman de Carl Chester Lives. Il s'était réveillé avec un glapissement d'angoisse, le drap collé au corps au milieu de l'arène du lit saccagé. Il se dégagea à grand-peine et demeura cloué sur place, incapable de coordonner ses mouvements, l'œil vague. Sur les murs de la chambre, de grands sous-verre interceptaient la lumière blême de cette matinée d'automne, les reflets masquaient en partie les photographies qu'ils avaient pour fonction de protéger : deux doubles pages en couleurs détachées d'un quelconque hebdomadaire, et que Nicole avait tenu à toute force à conserver.

Sur le premier cliché on pouvait voir Georges, noyé dans une pénombre artistique, s'adosser à un meuble vitré d'allure administrative contenant un certain nombre d'objets étiquetés telles des pièces à conviction : un revolver à crosse quadrillée, un long poignard à la lame marbrée de taches de rouille, un petit flacon de verre bleu baroque orné d'une tête de mort, un rasoir, une matraque de cuir, des rouleaux de pellicule, des dossiers poussiéreux zébrés de grands caractères chinois d'aspect mystérieux... A la hauteur du ventre de Georges, une phrase en lettres blanches avait été imprimée : *Cinquante crimes par an, l'homme qui vit du meurtre en toute impunité !* La seconde photographie le représentait dans la salle carrelée d'une morgue, sous l'éclairage d'un scialytique, nonchalamment appuyé à une table de dissection où s'étalait le corps grisâtre d'un homme entièrement nu. La légende disait : *L'homme à qui dix millions de lecteurs doivent leurs nuits de cauchemar !*

Georges frissonna à ce rappel. La séance de pause avait été une véritable torture ; pendant que le photographe réglait ses éclairages l'odeur du cadavre montait à ses narines comme un relent de cercueil mal fermé. Il avait senti peu à peu son front se couvrir d'une sueur glacée annonciatrice de syncope, ses paumes devenir moites. Derrière eux l'employé de la morgue, qu'on avait probablement soudoyé, s'impatientait en grommelant. Quand le reporter avait relevé la tête Georges était devenu aussi blême que le mort qu'il surplombait. Oui, ç'avait été une expérience atroce, et, sitôt sorti du sépulcre, il s'était précipité dans le premier café pour avaler un double cognac. Nicole n'aimait pas qu'il boive. Depuis il ne pouvait plus regarder la photo sans ressentir un malaise diffus, une vague nausée. Un jour il briserait les sous-verre, déchirerait leur contenu et mettrait le feu aux morceaux avec un soulagement fébrile, proche de la crise nerveuse...

Il fit jouer péniblement ses articulations, se leva. Il n'avait pas envie de se laver, encore moins de prendre un quelconque petit déjeuner, il aurait voulu continuer à dormir d'un sommeil artificiel, hiberner jusqu'au lendemain, attendre que l'éphéméride perde un feuillet, oui, un simple feuillet... Il se secoua. C'était ridicule. Tous les ans à la même époque *la vieille crainte se réveillait*, s'insinuait, stagnait, paralysant ses processus mentaux pour vingt-quatre heures. Il devait se ressaisir, avaler une ou deux pastilles tranquillisantes, et... Mais Laurent n'aimait pas le voir se bourrer d'antidépresseurs. Bien sûr, il ne pouvait pas SAVOIR.

Georges enfila sa robe de chambre, entrebâilla la porte. La maison était silencieuse, comme toujours. On était samedi, une odeur de café planait dans le hall, il se demanda s'il aurait le courage de descendre, d'affronter le monde. Finalement il se décida à passer dans la salle de bains, retroussa sa jambe de pyjama pour examiner sa cheville ; mais la peau restait parfaitement nette, sans rougeur ni desquamation d'aucune sorte. Par mesure de sécurité il déboucha un flacon d'alcool à quatre-vingt-dix et frictionna sa chair à l'endroit où... Mais non, il n'y avait rien. Il haussa les épaules, reboucha la bouteille et gagna l'escalier. Au moment où il passait devant le placard il ne put retenir un frisson, un souffle glacé lui hérissa la nuque. Il dévala les marches, perdant une pantoufle dans sa fuite.

— Tu joues à Cendrillon ? fit une voix moqueuse dans son dos.

Nicole le regardait du haut du palier, elle avait les cuisses nues et, d'où il se tenait, Georges pouvait apercevoir les boucles de ses poils pubiens émergeant de la trop courte chemise d'homme qu'elle s'obstinait à porter en guise de pyjama. Ses mèches blondes lui noyaient le front, les yeux, et seule l'exquise porcelaine de son nez émergeait de la double cascade joyeuse.

— Va t'habiller ! grogna-t-il, furieux d'avoir été surpris dans sa réaction de panique.

Elle eut un gloussement et courut vers la salle de bains. Il se demanda comment elle pouvait le supporter depuis deux ans, lui et ses incessantes sautes d'humeur, ses crises d'angoisse larvées qu'il tentait à toute force de dissimuler, ses doutes, ses... Souvent il se prenait à penser qu'elle aurait mérité de faire un meilleur mariage, mais personne ne l'avait forcée, n'est-ce pas ? Il traversa le grand hall à damiers, pénétra dans la cuisine. La femme de ménage le salua, il répondit par un grognement. Les tasses étaient mises. A la simple idée d'avaler quelque chose il se sentit secoué par une irrésistible envie de vomir. Non, il n'était pas venu pour ça, il le savait, dans quelques secondes il ne pourrait plus résister, alors son regard filerait vers le mur du fond, vers la surface ripolinée où le calendrier avait été épinglé. Pas vraiment un calendrier, non, un de ces blocs de petites feuilles translucides qui égrènent les jours en grands chiffres

20

rouges, et qu'on arrache une par une dans un soupir
ténu. Déjà, du coin de l'œil, il entr'apercevait la date :
le 12 décembre. Le samedi 12 décembre. Mais ce
n'était pas cela qui comptait. Pour l'instant sa myopie
le protégeait encore de la réalité, mais il n'avait qu'à
faire deux pas en avant, et...

— Salut !

Nicole venait de faire irruption, elle avait passé un
peignoir rose, elle se lança aussitôt dans une discus-
sion animée avec la grosse femme en tablier bleu qui
s'activait devant l'évier. Il était question de nièces
malades, de communion solennelle ; Georges se
détourna. L'éphéméride agissait comme un aimant,
comme un regard fixé sur sa nuque. Soudain il eut
envie d'insulter les deux femmes pour leur manque de
tact, de subtilité. Il aurait été si facile d'arracher la
feuille avant qu'il entre dans la cuisine, de faire un
saut dans le temps, de... Mais elles ne SAVAIENT pas,
bien sûr, il était injuste. Parfaitement injuste.

Mieux valait en finir. Il franchit un carreau, puis
deux, puis trois. A présent le carnet lui faisait face,
pauvre page de papier de soie, avec le chiffre écarlate,
comme le dossard d'un coureur cycliste, puis la mention « Décembre », en noir, et tout en bas le saint du
jour... SAINTE-JEANNE.

Il sentit sa peau se couvrir de chair de poule.

— Ton café refroidit ! criait Nicole. Il dut lutter
pour ne pas faire volte-face et la gifler, à pleine paume.

Il serra les dents à s'en faire crisser l'émail.

— Merci pour les romans, m'sieur Georges, bre-
douillait la grosse femme, c'est mon p'tit gars qu'est
content ! Forcément au service militaire ils ont ten-
dance à s'ennuyer des fois !

Georges eut un geste vague de la main. Allait-elle se
taire ? !

Il respira à fond. Voilà, c'était fini jusqu'à l'année
prochaine... Sainte-Jeanne... Il ne devait plus y penser. Il lampa son café tiède, grimaça. Nicole gloussa :
« Je t'avais prévenu ! »

Elle lui prit la tasse des mains, la vida dans l'évier, lui versa une nouvelle rasade brûlante. Il la remercia, machinalement. De toute façon il n'avait pas envie de café. Il croisa les jambes. Le pantalon de pyjama s'était un peu relevé, dénudant le mollet gauche. Il ne put résister au besoin d'examiner à nouveau sa cheville, là où... Si Laurent ne voulait plus lui donner de tranquillisants il irait chez quelqu'un d'autre, après tout les médecins ne manquaient pas ! D'ailleurs il avait remarqué chez son ami une désagréable propension à minimiser les problèmes des malades, et notamment les symptômes dont lui, Georges, se plaignait. Tout cela n'était pas nouveau bien sûr, mais il détestait s'entendre répéter qu'il « devait faire un effort sur lui-même », qu'il devait « apprendre à se relaxer », à... Après tout ce n'est pas parce qu'on a un ami médecin qu'on doit FORCÉMENT faire partie de sa clientèle !

Il se rendit compte que les femmes avaient quitté la cuisine et qu'il était seul ; à l'idée de se retrouver en tête-à-tête avec l'éphéméride il se leva d'un bond et passa dans le hall.

— Il n'y a plus de place dans les penderies, disait Nicole, il faudrait entreposer les valises ailleurs, et...

Georges hésita, debout au centre d'un carreau blanc, comme une figurine qui va passer à l'attaque. Le téléphone l'attirait. Il avait conscience d'être ridicule mais la crainte était là depuis la veille, depuis le moment où le pigeon déséquilibré par une brusque saute de vent l'avait heurté à la cheville alors qu'il se tenait sur la terrasse de la salle de réception.

Il cessa de résister, décrocha, forma le numéro de Laurent. A la deuxième sonnerie le médecin décrocha.

— C'est moi, attaqua Georges, je t'appelle parce que quelque chose m'embête. C'est idiot, mais...

Il s'en voulait de s'humilier ainsi, il se demanda s'il ne devait pas raccrocher, là, sur-le-champ, sans un mot d'excuse. La voix de Laurent le ramena à la réalité.

— Alors ? Tu accouches ? !

— Oui, enfin, c'est un oiseau, une bête malade qui s'est frottée à moi, je me demandais s'il y avait un risque de... contagion.

— ...

Il y eut un silence dans l'écouteur. Une seconde il lui sembla que son interlocuteur pouffait de rire.

— Et alors ? lança Laurent, tu as peur de perdre tes plumes ? !

Georges retint une obscénité, mais déjà le médecin revenait à la charge :

— Ecoute, laisse tomber ! Cesse de te torturer pour des conneries. La semaine dernière tu étais persuadé d'avoir attrapé le tétanos, avant c'était je ne sais plus quoi... Ah ! oui, une maladie vénérienne dans les toilettes publiques ! *Cool*, bon Dieu ! *Cool !* Mets-toi dans la tête que tu es en bonne santé, et arrête de travailler comme un dingue. Allez, salut. On se fait une bouffe dans quinze jours, okay ?

Georges acquiesça mollement. Le combiné retomba sur sa fourche avec un déclic cristallin. Il était humilié, profondément humilié. Il savait que sa peur était sans fondement, des bouffées névrotiques, rien de plus, comme ces gens qui se lavent les dents trois heures par jour par crainte des caries, ou les maniaques qui passent leur temps à désinfecter les poignées de porte et les pièces de monnaie... Mais il n'y pouvait rien, à certains moments l'angoisse le submergeait, traînant dans son sillage une cohorte de phobies imbéciles, des terreurs qu'il ne réussissait pas à raisonner. Il n'aurait jamais dû parler de cela à quiconque puisque personne ne lui venait en aide. Il soupira, prit le chemin du grand escalier. Malgré lui, il lui sembla percevoir un début de démangeaison à la hauteur de la cheville. Il jura. Tout au fond de lui il savait que les... « événements » l'avaient ébranlé et qu'il en garderait des séquelles jusqu'à ce qu'il se décidât vraiment à entreprendre une analyse, mais il y répugnait. Le temps cicatrise tout se plaisait-il souvent à se répéter, le temps ronge la mémoire comme le meilleur des acides. Pourtant cinq ans après... Bon Dieu ! Pourquoi pensait-il à tout cela aujourd'hui ? Le 12 décembre, bien sûr ! Sainte-Jeanne...

Il rentra dans sa chambre. En bas Nicole et la femme de ménage avaient entrepris de vider une armoire. La banalité reprenait ses droits. Il s'allongea au milieu des draps froissés. Des manuscrits encombraient la table de chevet, avec, épinglées en couverture, les feuilles roses des comptes rendus de lecture. Une note, des appréciations. Il était fatigué, à l'idée de devoir lire les quatre romans policiers en attente, il eut la migraine. Depuis quelques jours il n'allait pas bien, au cours d'un cocktail un auteur lui avait glissé à l'oreille une phrase relevée dans un roman de Geneviève Dormann : *Les écrivains ratés, s'ils sont pauvres deviennent journalistes et, s'ils sont riches, éditeurs*[1]. Il s'en était trouvé curieusement blessé, d'autant plus qu'il n'avait jamais réellement désiré écrire. Bah ! il était dans une mauvaise période, dans quelque temps les nuages s'écarteraient, la quotidienneté se réinstallerait, lourde, morne, terne. Jusque-là il n'aurait qu'à s'abrutir de travail comme il en avait l'habitude depuis... cinq ans.

Il rejeta les draps, la robe de chambre, passa dans la salle de bains. Pourtant la désinvolture de Laurent continuait à l'ulcérer, et tout en réglant la température de la douche il ne put se retenir de grommeler. L'impudence des médecins ! Nouvelle caste, nouveaux prêtres ! Bien sûr, s'il n'avait pas commis l'erreur de devenir client d'un ami d'enfance on l'aurait traité avec plus de déférence. Il ragea pendant plus d'une minute, et l'image de son corps nu que lui renvoyait la glace ne faisait qu'accentuer sa mauvaise humeur. Il détestait son reflet. Grand, épaules larges,

1. *Le Chemin des dames*, Ed. du Seuil.

vaste poitrine ; mais tout cela habité d'une désagréable mollesse, comme ces bustes d'ex-culturistes envahis par la graisse. Il s'examina sans indulgence et son regard courut sur la courbe molle du ventre avec sa cicatrice d'appendicite blanchâtre, les cuisses imposantes mais flasques, il aurait fallu des siècles d'entraînement pour redonner forme à tout cela. Aussi subitement qu'elle était venue, sa colère tomba. Pourquoi s'en prendre à Laurent ? Pourquoi l'accabler de péchés imaginaires ? Tout enfant, Georges s'était déjà complu à charger mentalement son camarade de desseins tortueux, de pensées inavouables. Aujourd'hui tous ses souvenirs avaient l'allure de véritables caricatures, on y voyait s'agiter convulsivement une marionnette nommée Laurent, galopin infernal toujours en quête d'un mauvais coup, menteur, jaloux, gourmand, colérique... Il ne s'agissait le plus souvent que de pures projections psychologiques. Envieux des dons de son ami, Georges s'était efforcé, dans son esprit et dans l'esprit des autres, de le cribler de défauts, de l'amoindrir en le faisant crouler sous les tares fictives. Avec le recul il comprenait à présent que durant toute sa jeunesse il avait pratiqué un inquiétant double jeu — ami/ennemi-adorateur/détracteur — sur lequel il préférait ne plus s'appesantir. Haine de gosse, jalousie infantile. Laurent avait eu de la chance. Ses parents s'entendaient bien, il réussissait sans difficulté en classe... Mais Laurent n'était qu'un exemple parmi tant d'autres, hélas.

Du plus loin qu'il se souvienne, Georges s'était toujours senti en proie à la persécution. Au restaurant il lui semblait qu'on ne lui servait que les plus mauvais plats, et si par malheur il entrait dans un cinéma pour s'asseoir dans les trois premiers rangs, au bout de quelques minutes il était invariablement gagné par la certitude que la salle entière avait cessé de suivre le film pour fixer sa nuque ! Avec le temps il était passé maître dans l'art d'interpréter un regard ou une parole à contresens. Un geste anodin se chargeait immédiatement de la plus noire signification, les sous-entendus fleurissaient comme la mauvaise herbe, mais en était-il vraiment responsable ? Il lui arrivait encore de penser à ce soir d'hiver où, rentrant plus tôt que prévu du lycée, il avait surpris ses parents en train de faire l'amour. Par la porte de la chambre demeurée entrebâillée, il avait vu son père, le visage écarlate, des veines saillant aux tempes, étreignant le corps nu de sa femme. Et les muscles de son dos se contractaient, rampaient sous la peau comme des cordages, les biceps se gonflaient, boules de chair dures. Georges, hypnotisé, n'avait plus bougé. Il avait le sentiment d'assister à un acte grandiose, l'accouplement de deux titans au sommet de leur passion, un combat charnel et extatique qui, à chaque seconde, rapprochait un peu plus les deux lutteurs de l'explosion du plaisir. Puis soudain, alors que son père continuait à ahaner, les yeux clos, sa mère avait tourné la tête. Son regard était net, elle avait un moment considéré le plafond, puis, repérant une mince griffure sur le placage verni de la table de chevet, elle avait mouillé son index et entrepris de l'effacer d'un petit mouvement régulier de l'ongle. En parfaite ménagère. Georges s'était enfui. Toute la nuit, le visage noyé de plaisir de son père l'avait hanté. Comment pouvait-on se faire berner à ce point ? A partir de ce moment il avait commencé à se méfier de tout le monde...

Il s'habilla, pêcha un costume au hasard, sans même le regarder. Son apparence extérieure lui était indifférente au plus haut point. Il n'avait jamais accordé la moindre importance à ses vêtements et il aurait été pratiquement incapable d'énumérer le contenu de sa garde-robe. Il devait se rendre aux éditions, comme tous les samedis. Il travaillerait un peu, puis se promènerait au long des locaux déserts, furetant au hasard, ouvrant çà et là un tiroir, jetant un coup d'œil indiscret sur la correspondance privée d'une secrétaire, respirant l'odeur d'un foulard oublié sur le dos d'un fauteuil. Il aimait ces instants insolites, ces errances en vase clos. Il déverrouillait un placard au moyen de l'un des multiples passe-partout ornant son trousseau de clefs, plongeait les mains au milieu des imperméables suspendus, caressait les étagères avec leur cohorte habituelle de menus objets : rouge à lèvres, mouchoirs en papier, tampons périodiques. Il s'asseyait derrière un bureau inconnu, feuilletait le carnet de rendez-vous posé près du poste téléphonique, s'amusait d'y relever maintes notations extra-professionnelles : *Dentiste. 14 heures, Christine. Fleurs, Gynéco., consult., mardi 11.*

... Il avait l'impression de dérober des lambeaux d'intimité, de devenir voyeur ou fétichiste. Parfois il cédait à la tentation et inscrivait sur le mémo un rendez-vous fictif qui ne manquerait pas de provoquer la perplexité de celui, ou de celle, qui travaillait à cette table, puis il se levait, allait plus loin, recommençait, cachait un stylo, arrachait le fil d'une bouilloire électrique, jetait dans les toilettes le contenu d'une boîte de thé. On accuserait l'équipe de nettoyage. Il y aurait des plaintes auxquelles, bien sûr, il ne donnerait pas suite. Et il rentrerait, redeviendrait « Monsieur le Directeur » jusqu'au prochain samedi, jusqu'à la prochaine errance.

Il était prêt. Il jeta les différents manuscrits dans une serviette de cuir, sortit dans le couloir. Nicole l'attendait en bas. Son peignoir avait glissé, dévoilant la naissance de sa poitrine. Elle se dressa sur la pointe des pieds, cambra les mollets, et l'embrassa sur la joue.

— Tu ne rentres pas trop tard, hein ? lui chuchota-t-elle dans le cou, tu sais qu'on dîne chez Mathilde ? C'est décidé depuis un mois, pas de blague !

Il acquiesça mollement, traversa le hall. Sur le perron aucun oiseau ne se jeta sur lui. C'était toujours ça.

Il marcha jusqu'à la voiture échouée en travers de la pelouse d'herbe folle, et — durant tout le trajet — il lui sembla que l'ombre de l'hôtel particulier pesait sur ses épaules, lourde, collante. Le tirant en arrière comme une sorte de lien élastique... ou de cordon ombilical.

Il se glissa au volant, luttant de toutes ses forces pour ne pas tourner la tête, démarra.

Bien qu'il ne voulût pas se l'avouer, il détestait la maison. Trop de souvenirs désagréables s'y traînaient au long des couloirs. Parfois, la nuit, il avait l'impression d'entendre les échos des disputes opposant ses parents résonner sous les combles. Tassé au fond de son lit il revivait alors ses terreurs enfantines, sentait sur son front le souffle des fantômes, des momies, dont Laurent se plaisait jadis à peupler les placards.

« Je t'assure, grognait-il avec toute l'autorité de ses dix ans, ces vieilles baraques sont hantées ! C'est connu ! Ton père a bien dû rencontrer un ou deux spectres, mais il ne te le dira pas ! Les grandes personnes gardent ces trucs-là pour elles... »

Et Georges buvait ses paroles, béat. Laurent savait tant de choses ! Pourtant, le soir venu, repu de contes atroces, de légendes terrifiantes, il ne pouvait trouver le sommeil. Et quand, par miracle, il réussissait enfin à s'assoupir, des cauchemars affreux le dressaient sur sa couche les joues inondées de larmes.

« A ton âge ! s'emportait son père, croire encore à de telles idioties ! Quand deviendras-tu raisonnable ?

— Mais Laurent... », protestait Georges, la voix chevrotante.

« Laisse Laurent où il est ! tempêtait alors sa mère, ce gosse est malfaisant, jaloux. Il te déteste parce que nous vivons à notre aise, parce que notre nom est célèbre ! Sa famille habite un taudis, tu le sais aussi bien que moi ! »

Elle n'avait pas entièrement tort. La grosse maison d'édition parisienne dont s'occupait son père, tout en leur conférant un statut de notables au sein de la petite ville, leur valait de solides inimitiés. Plus tard Laurent avait fait de brillantes études de médecine grâce à une série de bourses, et Georges avait pris la tête de la société d'édition à la mort des siens. Le temps avait continué à couler.

La voiture tressauta sur les pavés inégaux des faubourgs. Une pluie fine cinglait les murs du cimetière, dessinant de grandes auréoles sur le crépi écaillé. Georges freina à la hauteur du fleuriste. C'était une boutique minuscule coincée entre deux maisons de huit étages, une échoppe barbouillée de couleurs vives qu'on eût dite tirée d'un tableau de style naïf.

« Regarde ! avait coutume de ricaner Laurent lorsqu'ils étaient enfants, on croirait une souris prise entre deux éléphants ! Un de ces quatre les deux immeubles vont s'épauler chacun un peu plus, et crouic ! Plus de fleuriste... »

Georges entra, choisit un bouquet de violettes et paya. Une odeur étrange flottait dans le magasin, relents d'eau croupie et de fleurs fanées. Quelques pétales flétris pointillaient le carrelage à damiers. La tête dans les épaules il traversa la rue, passa la grille du cimetière communal et remonta l'allée centrale. Les graviers crissaient sous ses semelles. L'averse les avait lavés, astiqués, leur donnant du même coup un curieux aspect artificiel. Pendant une seconde il lutta contre l'envie de se pencher, d'en ramasser quelques-uns et de les examiner pour s'assurer qu'ils n'étaient pas en plastique. Des images incongrues se bousculaient dans son esprit. Il imagina fugitivement des travées semées de cailloux multicolores semblables à ceux dont on tapisse le fond des aquariums... Rouges, bleus. Jaunes. Il se ressaisit, obliqua sur la gauche. La stèle de marbre blanc luisait dans le petit jour. Les rafales de gouttes avaient piqueté sa surface de perles cristallines évoquant la rosée. Georges hésita, triturant le bouquet entre ses doigts, conscient du ridicule de la situation. Si elle avait pu le voir, Jeanne se serait moquée de lui, il en était sûr. Elle se serait détournée avec un de ces regards lourds d'ennui dont elle avait le secret, aurait chuchoté quelque chose à voix basse —

une obscénité peut-être — avant d'aller retrouver sa machine à écrire rouillée, ses crayons et sa rame de papier.

Il jura, ouvrit la main. Les violettes s'aplatirent sur la dalle, mollement, queues en l'air. Il remarqua que les intempéries avaient terni la dorure du nom. Seules les lettres du mot *Jeanne* resplendissaient au-dessus de la date : *1950-1976.*

— Il ne faut plus penser à cela, murmura la voix de Laurent dans son dos, elle est morte. La vie continue. Tu dois songer à Nicole maintenant.

Georges pivota d'un bloc, faisant hurler les graviers sous ses talons.

— Qu'est-ce que tu fais là ?

Le médecin eut un geste ennuyé.

— J'ai vu ta voiture passer devant mon cabinet. Excuse-moi, j'ai été un peu léger tout à l'heure au téléphone. Je ne me souvenais plus de... de... la date.

Son visage taillé à coups de serpe, ses cheveux bouclés très noirs qui descendaient bas sur le front le rajeunissaient considérablement. Sanglé dans son blouson de cuir fauve, les hanches minces, on lui donnait la trentaine. Georges eut une moue de dépit.

— Laisse tomber.

Côte à côte, ils prirent le chemin du portail. Un silence lourd de gêne s'installa, mais Georges ne fit rien pour le dissiper. Peut-être était-ce sa manière de reprendre l'avantage ? Il eut un peu honte et se racla la gorge.

— Je suis maladroit, bafouilla Laurent, je ne sais pas comment te dire... Mais vous avez été mariés si peu de temps... Il me semble... Enfin, je sais que ça va te paraître monstrueux, mais il me semble que tu y attaches... Trop d'importance. Oh ! Zut ! je raconte des conneries. Mais quoi ! Cinq ans ! Et puis il y a Nicole... Pense aux vivants, bon Dieu ! Tu es trop distant avec elle...

Georges ralentit, huma le vent. L'odeur du fleuriste.

— Tu n'es pas responsable de ce qui est arrivé à

Jeanne, reprit le médecin les poings rivés au fond des poches, beaucoup d'artistes font de la maniaco-dépression. On dit même que c'est la maladie des écrivains ! Cesse de te torturer, de te sentir responsable.

Georges se figea. Blême. Laurent détourna les yeux.

— Excuse-moi, je suis con.

Georges posa le coude sur le toit de la voiture.

— Laisse tomber, répéta-t-il d'une voix sourde, ça va passer. C'est la date... le jour... Tiens, regarde ! Comment y échapper ?

Du doigt il désigna la petite ardoise que la fleuriste venait de poser au milieu des bouquets. Une inscription à la craie la barrait en diagonale : *Aujourd'hui : Sainte-Jeanne.*

Il s'installa au volant.

— Allez ! on n'en parle plus, fit-il avec une grimace résignée, demain sera un autre jour. Il faut que j'y aille. Salut !

Laurent leva la main, paume ouverte. Tout le temps que mit le véhicule pour s'éloigner, il demeura au bord du trottoir, immobile. Solide. Georges eut un rictus d'agacement et serra le volant à le broyer. La pluie opacifiait le pare-brise, il dut enfoncer la commande des essuie-glaces.

3

Georges s'engagea dans la rue étroite menant au siège des éditions. C'était un quartier calme, jalonné de la masse imposante de nombreux bâtiments ministériels. La Seine coulait en contrebas, à une portée de fusil, et, de la fenêtre de son bureau, il lui arrivait de fixer des heures durant le flot gris et boueux qui fendait mollement l'étrave des péniches rouillées. Il freina. La façade terne, sans fioriture, montrait à hauteur d'homme l'habituelle plaque noire aux lettres dorées un peu ternies par les gaz d'échappement en provenance de l'avenue. Une grande porte de fer forgé protégeait l'accès du hall. Il fouilla dans sa poche à la recherche de la clef. Quelques vitrines d'antiquaires répandaient une lumière jaunâtre le long des trottoirs, écrins aux vitres fumées où achevaient de s'empoussiérer ivoires et bois précieux. Il entra. Il faisait sombre dans le hall, mais son regard tomba immédiatement sur une grande enveloppe brune qu'on avait glissée par la fente de cuivre. Elle portait son nom. Il la ramassa machinalement et gagna l'escalier. Le tapis rouge avait besoin d'un bon nettoyage, le petit jour cendreux suintant des fenêtres mettait remarquablement en relief les taches et les brûlures de cigarette qui le constellaient. Il haussa les épaules, ces détails l'importunaient. Il avait six lettres dc refus à écrire, et ce cérémonial ne souffrait aucun délai. Contrairement à la majorité des éditeurs, il

avait toujours répugné à employer ces missives sté-
réotypées et polies, purs produits de la fausse déférence administrative où l'on commençait par évoquer
les qualités certaines de l'œuvre proposée pour finir par
un sempiternel... *n'entre pas, hélas, dans le cadre de
nos collections.* Non, il se faisait un point d'honneur à
répondre lui-même, de sa propre main, de sa propre
plume, à l'auteur malheureux. Il ne connaissait pas
l'usage de la litote, il exposait franchement ses
conclusions, avec une sécheresse de médecin légiste,
il n'épargnait personne, détaillait crûment la vérité,
sans fard, sans se retrancher derrière le paravent des
formules conventionnelles. *Vous n'avez aucun talent*,
disait-il, *écrivez pour votre plaisir et n'encombrez
aucun éditeur de votre prose ! Rédigez des petites
annonces ou des prospectus, mais ne vous mêlez pas de
littérature...*

Cette manie lui avait valu de solides inimitiés, mais
il n'y avait jamais renoncé, par orgueil, par volonté de
puissance peut-être. Quelques années auparavant un
journaliste avait cru malin de se procurer un lot de ses
notes de refus et de les faire analyser par un grapho-
logue. Le résultat avait été publié dans une quelconque revue satirique, on y parlait de *tendances parano-
ïaques*, de *mégalomanie caractérisée.* Ces attaques
ne l'avaient pas touché. Il n'ignorait pas qu'on le
considérait actuellement comme l'éditeur le plus
éclairé en matière de roman policier. Pourtant il n'en
tirait aucune gloire, il conservait une certaine nostalgie de l'époque où il s'était spécialisé dans la littérature enfantine. Mais ce temps était loin.

Si loin...

Il poussa la porte de son bureau, alluma la lampe-
ministre, s'assit, décapuchonna son stylo. Il tira à lui
la chemise contenant les notes de lecture et commença à écrire, de sa grande écriture heurtée, inimi-
table et maintenant si célèbre.

*Cher Monsieur, Le petit torchon que vous m'avez
infligé...*

Il sourit. Il se sentait bien, seul maître à bord, dans l'odeur du papier, de l'encre. Souvent il ouvrait un vieux livre, une édition originale de Carl Chester Lives, portait les feuillets jaunis à ses narines et respirait, profondément... S'il avait pu, il aurait collectionné non les livres, mais leur parfum. Il aurait rédigé de petites étiquettes pour de minuscules flacons : *Odeur de l'édition cartonnée (couverture verte) de* Le Fer et le sang. Otis W. Senderson. *Higway's Press, Inc. New York. 1928.* Il se cala dans son fauteuil. Entama une seconde réponse : *Cher Monsieur, Le papier est cher, ne grevez donc pas votre budget en achetant toutes ces feuilles immaculées que vous sacrifiez si aisément à l'appétit détestable de votre machine à écrire, ayez pitié, laissez-les* BLANCHES !

Il continua ainsi durant une bonne demi-heure, puis la lassitude le gagna. Il se rejeta en arrière, remarqua la grosse enveloppe brune sur le coin de son bureau. Il avait fini par l'oublier. Il tendit la main, saisit le stylet de cuivre. Il se débarrassa de l'emballage et grimaça. Un manuscrit, rien de plus. Aucune lettre n'accompagnait l'envoi, aucune référence n'ornait la première page. Agacé, il tourna le feuillet. Pas de nom d'auteur, mais un titre : *L'Enfant noir*, et la mention : *Premier chapitre.*

Georges crut que l'immeuble s'écroulait. Il lâcha la mince pincée de feuilles et courut vomir dans le petit cabinet de toilette jouxtant la pièce. Il vomit comme jamais encore il n'avait vomit. Les hoquets secouaient son ventre de plissements douloureux, il avait l'impression que ses intestins rampaient à l'intérieur de son corps avec l'idée bien arrêtée de s'échapper. Il se vidait à longues saccades, maculant le lavabo de traînées brunâtres. Pendant tout ce temps son cerveau restait prisonnier du même sillon, comme un disque rayé... « Ce n'est pas vrai, ce ne peut pas être vrai, ce... »

Puis la syncope l'enveloppa, libératrice, voile

cotonneux, abolissant ses limites corporelles, et il se laissa aller, mollement.

Il reprit conscience une heure plus tard, sur le carrelage du réduit. Il avait froid, ses mains, ses pieds étaient glacés. Il eut d'énormes difficultés pour s'asseoir et se redresser. Il aurait voulu demeurer immobile, dormir, oublier, mais désormais la peur était là, le cravachant. Il se traîna vers le bureau, cramponné au tuyau du radiateur comme si un vent de tempête allait s'engouffrer dans la pièce et l'emporter par la fenêtre.

Il s'assit... L'ENFANT NOIR...

Aujourd'hui, 12 décembre... Sainte-Jeanne. Mais après tout n'était-ce pas logique ? Il posa une main tremblante sur le manuscrit, et ses yeux attaquèrent la première ligne... *Chapitre 1*. Il lut pendant près d'une demi-heure, puis courut vomir une seconde fois, mais son estomac était vide et il ne put que rendre de la bile, les doigts crispés au plexus.

L'histoire se composait d'une trentaine de pages impeccablement dactylographiées et se terminant sur la mention (*à suivre*).

Georges s'affaissa sur son siège. *Il venait de rajeunir de cinq ans.*

4

Chapitre 1

« ... Jeanne était d'une beauté pathétique, et Georges excepté, personne ne l'avait jamais trouvée jolie. Nue, elle offrait l'image d'une grande femme maigre dont la peau laiteuse se tendait sur les arcs des côtes, les saillies des vertèbres ou des articulations jusqu'à devenir brillante. Avec son torse dépourvu de poitrine, et dont les seins se résumaient à un renflement enfantin autour de chaque mamelon, elle avait la grâce fragile des lévriers au ventre creux. Sur son cou le tracé terriblement saillant de la veine jugulaire accentuait encore cette impression de précarité. Il éveillait la certitude qu'une simple griffure eût suffi à déchirer cette chair lisse et mince, si mince, à sectionner la carotide, comme ces fruits trop mûrs dont la peau cède à la moindre pression. Comme toutes les femmes trop grandes elle se tenait voûtée, offrant sa nuque à quelque invisible couperet dans une attitude d'abandon un peu las. A une époque elle avait porté les cheveux longs, mais lorsque Georges fit sa connaissance elle avait cisaillé les longues mèches noires couvrant ses omoplates en un casque sans grâce aucune. Une de ces coiffures pour ménagère affairée qu'on peut rectifier d'un coup de peigne et qui ne nécessite qu'un modeste entretien. Une raie médiane rejetait les cheveux en deux vagues symétriques couvrant les oreilles, accentuant par leur noirceur même la pâleur du visage avec son nez fin mais trop long, surplombant la bouche aux lèvres épanouies, sensuelles. *Une figure de craie*, avait pensé Georges la première fois qu'elle était entrée dans son bureau. Un masque Kabuki aux pommettes terriblement saillantes. Lorsqu'elle se tenait de profil, son nez mince aux cloisons roses, par sa rectitude sans faille, lui conférait une beauté démodée, antique. Etrusque peut-être. Elle était dépourvue de toute coquetterie, portait à même la peau des pulls dont l'encolure distendue révélait les creux de sa poitrine et les clavicules aux salières profondes. Elle se moquait que le soleil, jouant dans la transparence de sa jupe de toile, révélât ses jambes trop maigres pour le commun. "Ses cuisses de grenouille" comme elle se plaisait à les appeler. Eté comme hiver elle traînait aux pieds des sandales de cuir africaines simplement retenues à l'orteil par une boucle tressée. Elle ignorait l'usage des sous-vêtements et, sitôt franchi le seuil de son minuscule studio, se dépouillait de ses habits pour vivre nue, indifférente aux types de la maison d'en face qui la reluquaient ostensiblement, jumelles en main, commentant à haute voix son anatomie avec des moues dégoûtées.

« — J'ai toujours chaud, avait-elle expliqué à Georges, c'est dû à un dérèglement thyroïdien. D'abord j'ai des yeux de crapaud. Si ! Si ! Regardez !

« Elle vivait entre sa machine à écrire, une très vieille Remington laquée noir ornementée d'enluminures archaïques, et sa table à dessin où se gondolaient de grandes feuilles lisses qu'elle maculait ensuite d'aquarelles naïves et mystérieuses. Elle écrivait des contes pour enfants qu'elle illustrait elle-même, et, à l'époque où Georges avait fait sa connaissance, elle venait de remporter le Prix du Salon de la Jeunesse, et le Grand Prix de l'Enfance pour une adorable histoire qu'on s'était arrachée à la veille des fêtes de Noël, pulvérisant tous les records de vente jusqu'alors enregistrés. Georges se rappelait que l'envie de connaître Jeanne lui était justement venue en feuilletant le petit livre aux illustrations brumeuses qui faisaient de la nuit et de la neige une sorte d'écrin secret au centre duquel évoluait son héros, un gosse étrange, venu on ne sait d'où et qui ignorait jusqu'à son nom. Un gamin aux cheveux blancs qui apparaissait dans un square en pleine bataille de boules de neige, un petit être surgi du néant, comme né des rafales et du vent. Amnésique, sans identité, sans passé, et qui — dès lors — passait son temps à consolider les bonshommes de neige parsemant les pelouses des jardins publics comme s'il s'agissait pour lui d'un sacerdoce.

« Plusieurs chapitres le montraient, arpentant le parc municipal. Enfonçant jusqu'aux mollets dans la couche craquante, ne souffrant nullement du froid. Absorbé par sa tâche de réfection, modelant des têtes, bouchant les trous, assurant l'assise des bibendums, assisté dans son travail par une fillette fascinée — Jeannette — son ours en peluche serré sur la poitrine.

« Tout cela était écrit dans un style où chaque mot faisait mouche. Les illustrations conféraient à l'ensemble une splendeur un peu triste, quelque chose qui éveillait en chaque être une irrésistible compassion.

« Georges avait été enthousiasmé. Pourtant l'éditeur de l'ouvrage, avec qui il s'était mis en rapport, lui expliqua qu'il avait eu beaucoup de mal à obtenir de Jeanne des coupes dans le manuscrit original, et Georges, qui avait demandé à examiner les séquences censurées, fut surpris par le caractère morbide de celles-ci. L'une d'elles notamment montrait Jeannette occupée à recoudre son ours dépenaillé dont le ventre béant laissait échapper ses entrailles de mousse. L'enfant aux cheveux blancs lui expliquait qu'il était inutile d'agir ainsi, que le vieux jouet ne désirait pas qu'on prolongeât sa vie, et qu'il se suicidait en faisant lui-même sauter ses coutures...

« Un autre passage relatait l'ignoble mort des bonshommes de neige voués à la boue comme à la lèpre, victimes d'un anéantissement lent et dégradant. On y relevait notamment l'expression *neige cancéreuse* dont la présence dans le contexte d'un livre pour enfants ne pouvait que surprendre. Georges s'était senti gagné par un étrange malaise. Impression désagréable qui ne fit que se confirmer lorsqu'il parcourut le dernier feuillet, un rêve du gamin, où les pantins de givre exigeaient qu'on les détruisît au lance-flammes pour leur épargner la fin ignominieuse du dégel et du caniveau. Les métaphores tissaient tout un réseau d'images maladives, inquiétantes, un chapelet de mort du plus mauvais effet. Georges s'en était ouvert à son confrère qui s'était contenté de hausser les épaules en se frappant la tempe de l'index. "Que voulez-vous ?" avait-il ironisé, "c'est une artiste !"

« Jeanne n'étant liée par aucun contrat d'exclusivité ou clause de préférence, il avait obtenu assez facilement les droits de son second roman. L'histoire d'un nuage apprivoisé par un enfant solitaire.

« Le succès avait été total. La première édition fut épuisée en quinze jours. La presse unanime parla de chef-d'œuvre. Tout allait pour le mieux dans le meilleur des mondes. Pourquoi Georges ressentit-il alors un désagréable pincement à l'estomac lorsqu'un échotier émargeant dans une feuille à scandales remarqua malicieusement qu'en plusieurs endroits *le nuage chéri avait des réminiscences de champignon atomique ?* Oui, pourquoi ?

« Bien qu'il ne voulût pas se l'avouer, Jeanne exerçait sur lui une fascination sans cesse grandissante.

« Comme un adolescent amoureux, il multipliait les prétextes pour lui téléphoner, l'appelant à chaque coupure de presse élogieuse, lui signalant l'heure et le lieu des nouvelles séances de signature.

« Ces attentions ne semblaient nullement toucher la jeune femme. Elle répondait d'une voix morne, par monosyllabes. Ni intéressée ni hostile, comme résolument détachée de toute cette agitation. Un soir, invoquant une série de "bons à tirer" urgents concernant des affichettes publicitaires reproduisant des illustrations extraites du second livre, il se rendit chez elle, dans son studio d'Ivry. Il dut sonner une dizaine de fois avant qu'elle consentît à venir ouvrir en traînant les pieds. Immédiatement il eut un haut-le-corps en découvrant qu'elle était totalement nue, et lorsqu'elle lui tourna le dos il vit que les lattes disjointes du parquet avaient laissé de grandes marques rouges sur ses omoplates, ses reins, comme si elle était restée allongée sur le sol des heures entières.

« — Je vous dérange peut-être ?

« Elle haussa les épaules. A l'intérieur de l'appartement, malgré la température assez basse de cette fin d'automne, un unique radiateur électrique attendait désespérément d'être raccordé à la prise de courant. Ils durent s'asseoir à la japonaise, la pièce ne présentant pas l'ombre d'une chaise, et Jeanne lui fit face, sans gêne aucune, jambes pliées en lotus, ne cherchant nullement à dissimuler le triangle noir de son ventre.

« Dix minutes plus tard, cédant à une impulsion irrépressible, Georges se jetait sur elle, dévorant sa bouche avec la maladresse d'un gamin expérimentant son premier baiser. Il la prit sur le tapis d'affiches froissées sans qu'elle fît mine de se défendre. Ce fut une étreinte étrange, muette et violente, quelque chose d'irrationnel et de désespéré. Ils se séparèrent toutefois avant l'aboutissement, la singularité de l'acte ayant eu raison de l'excitation — ainsi que de l'érection — de Georges.

« — Vous avez froid ? se contenta d'observer la jeune femme en touchant le revers du pardessus. Il n'y avait dans cette déclaration aucune ironie, rien qu'une constatation un peu étonnée. Dans un geste semblable Georges posa sa main sur le sein de Jeanne. Malgré l'humidité glaciale du lieu, il était lisse, dépourvu de toute chair de poule. C'est alors qu'elle lui avait parlé de son dérèglement thyroïdien, et il avait trouvé à ces quelques explications scientifiques la saveur des plus longues déclarations amoureuses.

« Deux mois plus tard ils se mariaient dans la plus stricte intimité. Georges avait senti immédiatement peser sur lui la désapprobation de son entourage. On lui pardonnait mal ce qu'on ne pouvait s'empêcher de considérer comme une folie, un acte irréfléchi et dont il aurait à se repentir avant longtemps. Jeanne, quoique auteur à succès, n'avait jamais été réellement acceptée par le milieu littéraire. Si on accueillait sans sourciller les excentricités des écrivains ou illustrateurs, si on encourageait des exhibitions tenues pour nécessaires dans une corporation où passer inaperçu constituait la pire des fautes, on tolérait difficilement ces mêmes bizarreries dès lors qu'elles ne semblaient plus uniquement le fait d'un comportement concerté. Jeanne n'était pas "en représentation", elle ne l'avait jamais été, et cet aspect insolite de sa personnalité dérangeait, voire inquiétait.

« Dès le début, leur vie conjugale fut placée sous le signe de l'étrangeté. Jeanne parlait peu. "J'ai horreur des dialogues", avait-elle décrété un jour, "d'ailleurs j'en mets le moins possible dans mes histoires. J'aime le silence."

« Georges devisait le plus souvent tout seul. Elle répondait d'une mimique, d'un coup d'œil. Parfois même elle se levait au beau milieu d'une phrase et disparaissait, lui faisant comprendre qu'il l'importunait avec son éternel babillage. Il apprit à devenir taciturne. Au bureau il s'exprimait par grognements, multipliait les notes écrites à sa secrétaire. Pour plaire à Jeanne il aurait fait pis encore. Il ne savait rien d'elle, et en aucune manière il ne cherchait à percer cette opacité.

« — L'amour meurt de ce qu'on se connaît trop, avait-il expliqué à Laurent, il faut s'aimer dans le mystère, l'inconnu...

« Leur entente physique était sans défaut. Jeanne jouissait sans problème et sans complexe, pourtant

elle n'entourait cette activité d'aucun halo de senti-
mentalité. C'était comme si elle se fût livrée à quelque
activité organique détachée de tout arrière-plan
affectif. Laurent, à qui il s'en était ouvert un soir de
dépression, eut un haussement d'épaule : "C'est une
fille moderne ! De quoi te plains-tu ? Au moins quand
tu veux tirer un coup tu n'es pas forcé d'arriver avec
un bouquet de fleurs, des petits fours, et un cadeau de
chez Cartier pour préparer le terrain ! Beaucoup vou-
draient être à ta place mon vieux !"

« Georges n'avait pas insisté. Deux mois plus tard,
le drame commençait...

« Jeanne préparait une affiche pour la foire
annuelle du livre d'enfants. Avec sa méticulosité habituelle elle avait esquissé vingt projets avant de se
déterminer pour un manège de chevaux de bois aux
teintes roses irréelles qu'on eût dit taillé dans du sucre
ou de la pâte d'amandes. Une foule de gamins entouraient la machine, cache-nez au vent, et leurs échar-
pes semblaient autant d'arcs-en-ciel apprivoisés
ayant accepté de s'enrouler autour du cou des petits.
Georges suivait la progression de la toile avec un
enthousiasme croissant, fasciné une fois de plus par
l'extraordinaire technique de Jeanne, par sa science
des couleurs qui ôtait immédiatement toute mièvre-
rie au sujet.

« Pourtant, un soir qu'il examinait la peinture,
quelque chose d'insolite lui fit froncer le sourcil.
C'était, au dernier plan, à demi dissimulé par les
arbres du square, la tache sombre d'un garçon vêtu de
noir. Un gamin de très petite taille arborant un manteau, un béret et une longue écharpe couleur de deuil.
Cela faisait comme un pâté sur l'illustration, un chancre, un nævus qui tirait l'œil et détruisait l'harmonie
de l'ensemble. En y regardant de plus près, on s'apercevait que Jeanne avait brossé cette dernière silhouette avec tout le soin qu'on apporte d'ordinaire
aux miniatures, et le minuscule visage coincé entre le
béret et l'écharpe couleur de nuit, loin de se réduire à

42

la boule rose stylisée des autres personnages, avait été détaillé avec un soin de portraitiste. C'était une figure grimaçant de malignité, un faciès de nain plissé par la cruauté et le vice où les yeux brillaient d'une lueur de jouissance salace. Une bosse sur le devant du manteau semblait indiquer que l'horrible petit être se trouvait en pleine érection. Georges se rejeta en arrière, le front inondé d'une sueur malsaine. Il n'eut pas le courage d'aller trouver Jeanne pour obtenir une explication et passa la journée du lendemain dans un état de malaise grandissant. Il reçut deux lecteurs sans écouter un mot de leur compte rendu, feuilleta des manuscrits sans parvenir à comprendre une seule ligne de ce qu'il tentait de déchiffrer.

« Lorsqu'il rentra Jeanne était couchée. Elle avait fermé la porte de la pièce qui lui servait d'atelier au verrou, ignorant que Georges possédait un double de la clef dans le tiroir de son bureau. Le ventre noué par l'appréhension, il fit jouer le pêne et marcha jusqu'au chevalet. Il eut un frisson. Un vent de folie et de mort avait soufflé sur la toile. C'était comme une aura maléfique rayonnant autour de l'enfant noir, une épidémie sournoise contaminant tous les personnages du tableau. Sur les manèges tournaient à présent des carcasses de chevaux putréfiés, mutilés, semant leurs entrailles au vent de la course. Des gosses maigres et nus montaient ces charognes à cru, esquissant de grands gestes obscènes à leurs compagnons. Au centre des bassins de sable, là où les gamins creusaient des châteaux et des remparts, s'ouvraient à présent des tombes grossières, des charniers noirâtres exhalant des nuées de mouches. Les landaus poussés par les nurses ne contenaient plus que des squelettes ou des montagnes de fœtus avortés. Georges déglutit avec peine, il avait la sensation de se trouver en face d'un de ces *triomphes de la mort* si prisés à l'époque de la Renaissance. Il battit en retraite, sortit de la villa et regagna la maison d'édition où il dormit dans son fauteuil d'un sommeil chaotique peuplé de visions terrifiantes.

« Les jours suivants, il se garda de toute nouvelle incursion dans l'atelier et se contenta de rappeler à Jeanne que la date de remise de la maquette approchait à pas de géant. Elle se borna à hocher la tête sans un mot.

« Le jour de l'échéance, la toile enveloppée dans un pan de papier kraft arriva aux éditions en début de matinée. Pris d'une angoisse subite, Georges exigea que le paquet fût immédiatement porté dans son bureau sans passer par le service illustration. Il eut parfaitement conscience que son ton hystérique faisait sursauter les employés, mais il craignait par-dessus tout que l'effroyable carnage qu'il avait eu le triste privilège de découvrir ne soit déballé en public. Il exigea de rester seul, éloigna sa secrétaire sous un prétexte totalement invraisemblable, et contrairement à son habitude, s'enferma à double tour avant de couper la ficelle d'une main tremblante d'appréhension. Ses angoisses se révélèrent vaines. La peinture avait repris son aspect initial. Seul subsistait, témoin du vent d'épouvante, l'enfant noir à demi dissimulé derrière son arbre. Pris d'un doute, Georges s'approcha de la toile. A d'infimes détails il réalisa que Jeanne s'était contentée de superposer la nouvelle version à l'ancienne, et qu'ainsi, par un jeu d'une perversion extrême, les charognes purulentes subsistaient sous les chevaux de sucre candi, que sous les pâtés du bassin de sable grouillait l'enchevêtrement des fosses communes, que les voitures d'enfants véhiculaient toujours, à l'abri de leurs draps brodés, leurs charretées de fœtus pourrissants. Il eut un haut-le-cœur. Lorsqu'il eut enfin retrouvé son impassibilité coutumière, il appela le chef de studio et lui demanda de retoucher le dessin en gommant l'enfant noir.

« — N'importe quoi ! commanda-t-il, peignez un buisson, un arbre, une statue, mais faites-moi disparaître ce môme en deuil, c'est d'un effet désastreux.

« Il avait essayé de prendre un ton léger, mais sa voix sonnait terriblement faux, il en eut conscience lorsque le dessinateur lui jeta un coup d'œil critique, et il ne sut que répéter : "Une statue, oui, une statue, ce sera très bien..."

« L'affiche banalisée sortit quinze jours plus tard. Très rapidement on la retrouva partout. Dans le métro, sur les panneaux publicitaires, chez les commerçants. Au début Georges s'était attendu à une réaction agressive de Jeanne. Elle ne pouvait pas en effet ignorer les retouches apportées à son œuvre, pourtant il ne produisit rien de notable, ni bouderie ni remarque acerbe.

« Un soir cependant, alors qu'ils venaient de faire l'amour, la jeune femme eut cette réflexion qui fit monter sur l'échine de Georges un frisson d'effroi : "C'est gentil de l'avoir gommé tu sais, *mais ça ne l'empêchera pas de revenir !*"

« Le lendemain même, obéissant à une volonté d'exorcisme totalement puérile, il brûlait la toile dans la chaudière alimentant les locaux des éditions. Mais la machine était en marche, et rien désormais ne pouvait plus l'arrêter.

« Délaissant l'illustration, Jeanne occupait ses journées courbée sur sa Remington, emplissant la maison d'un staccato obsédant qui ne finissait qu'avec la venue de la nuit. Dès le coucher du soleil, elle absorbait alors un nombre impressionnant de décontractants, de soporifiques, avant de sombrer dans un sommeil profond comme la mort.

« Mû par un pressentiment Georges se pencha un soir sur la table de travail de la jeune femme, ce qu'il y découvrit ne fit que confirmer ses craintes. Il eut bientôt sous les yeux un nombre impressionnant de contes inachevés ; des histoires — très belles pour la plupart qui, brusquement, se dégradaient, bifurquaient de façon totalement imprévisible, s'enlisaient dans le malaise et l'ambiguïté, quand ce n'était pas dans l'horreur.

« Il lut ainsi l'aventure du Père Noël que des gamins avaient capturé la nuit du 25 décembre à l'aide d'un piège à loup disposé dans la cheminée. Rapidement, la blessure du vieillard s'infectait et les gosses, pour combattre la gangrène, devaient procéder à l'amputation aux moyens d'outils sans aucun rapport avec la chirurgie. Pour juguler la fièvre et la douleur, on abreuvait le vieux d'eau-de-vie et de vin rouge jusqu'à ce qu'il perde conscience. Le temps passait, malgré les coups et les mauvais traitements, le Père Noël refusait d'avouer où se cachaient ses réserves secrètes de jouets et de friandises. Bientôt les criminels en herbe découvraient que le pauvre homme avait perdu la mémoire à la suite de l'opération de fortune et on ne trouvait rien de mieux à faire que de l'abandonner sous un pont, une nuit sans lune. Dès lors, le vieillard céleste devenu ivrogne, infirme et amnésique, rejoignait les rangs déjà fournis des clochards, chantant dans les cours pour quelques pièces ou un quignon de pain. A partir de ce jour les souliers des enfants du monde entier restaient désespérément vides le jour de Noël.

« Il y avait bien d'autres contes : des gosses dévorés par les boîtes de carton-cannibales ayant contenu leurs cadeaux de fin d'année. Les emballages carnivores oubliés au pied du sapin se jetaient sur eux pendant leur sommeil, après avoir digéré au préalable le chat et le chien de la maison. Des colonies de vacances bâties sur l'emplacement d'anciens camps de concentration oubliés et où pensionnaires et moniteurs, victimes d'un horrible envoûtement, reproduisaient les crimes et les sévices du passé. Des cars de ramassage scolaire fantômes, collectant le long des routes les spectres des enfants victimes d'accidents dont on n'avait jamais retrouvé les coupables.

« Et, chaque fois que le récit amorçait sa plongée dans l'épouvante, surgissait comme un signal, l'enfant vêtu de noir, simple badaud, passant sans importance, sans rôle actif — du moins apparemment — dans la suite des événements. *A ce moment*, disait le manuscrit, *un garçonnet serré dans un manteau de deuil traversa la rue*. C'était tout, mais c'était assez, alors les forces des ténèbres se déchaînaient, une marée obscure emplissait le cerveau de Jeanne, charriant des images de mort, gangrenant ses idées, pervertissant la moindre trouvaille.

« Le style lui-même, au fur et à mesure qu'on avançait dans la lecture, devenait vulgaire, voire ordurier. Les personnages n'ouvraient plus la bouche que pour vomir d'ignobles imprécations à caractère pornographique.

« Georges repoussa la masse de papier, la gorge désagréablement sèche. Un moment il eut envie de décrocher le téléphone pour se confier à Laurent, mais la peur du scandale l'arrêta. En une seconde il imagina les rubriques à potins titrant : *La femme d'un éditeur spécialisé dans la littérature enfantine internée à la suite d'hallucinations obscènes !*

« Non, c'était impossible. D'ailleurs les travaux de Jeanne reflétaient peut-être tout simplement un désir de s'essayer au fantastique ? Pourquoi pas ? Il tentait de se rassurer, se forgeant mille raisons toutes meilleures les unes que les autres pour garder le silence ; puis, à l'instant où s'installait une tranquille certitude, surgissait l'enfant noir dans son accoutrement de deuil, obsession, véritable leitmotiv de la folie de Jeanne.

« Il garda son secret, d'ailleurs il n'avait pas confiance en Laurent, trop bavard, trop mondain. "Ça va s'arranger", se répétait-il de plus en plus souvent. Son travail en pâtissait ; la traduction sur laquelle il s'échinait depuis le début de l'année s'enlisait, dérapait, accumulait retard sur retard.

« Pour finir il décida de s'accorder une semaine de vacances en compagnie de Jeanne, et dès le lendemain, fila sur Deauville. C'était une erreur. Hors saison la ville était lugubre comme une cité fantôme,

mais il avait agi sans réfléchir, recherchant instinctivement les paysages chers à son enfance.

« Un matin, alors qu'ils se promenaient sur la plage
grise et vide, dans les lamentations des mouettes sans
cesse en mouvement, la jeune femme fit volte-face et
revint en arrière, le regard rivé au sol comme si elle
s'attendait à lire dans le sable d'autres traces que les
leurs...

« — Je croyais qu'IL nous suivait, murmura-t-elle
au moment où Georges lui prenait le bras.

« Il frissonna en constatant qu'il ne pouvait lui-
même résister au besoin d'examiner la plage. "Imbécile !", songea-t-il en serrant les dents. "La folie
est contagieuse", avait-il souvent entendu répéter
lorsqu'il était adolescent. On ne peut vivre longtemps
au contact des fous sans devenir fou soi-même. La
sagesse populaire ne remplit-elle pas les asiles de
directeurs et d'infirmiers plus malades encore que
leurs pensionnaires ?

« Quelques jours plus tard une coïncidence mal-
heureuse vint, hélas, conforter Jeanne dans son
obsession. Alors qu'ils arpentaient les planches, un
attroupement attira soudain leur attention. Des bribes de conversation saisies au vol leur apprirent qu'il
s'agissait de deux gosses que les vagues venaient de
rejeter avec leur embarcation à demi démantelée.
"Ils étaient au bal de samedi", leur expliqua avec
volubilité une grosse femme aux joues écarlates, "ils
ont pris la mer avec un coup dans le nez ! C'est-y des
idées de gamins je vous jure, et c'est les parents qui
vont pleurer maintenant !"

« Georges voulut s'écarter mais Jeanne était plus
lourde qu'une statue ; tétanisée, elle ne pouvait déta-
cher son regard du plus proche des corps, silhouette
grise poissée d'écume et de varech. Alors, seulement,
il remarqua que le cadavre portait, noué autour du
cou, une grosse écharpe de laine NOIRE.

« — IL était avec eux ! chuinta la jeune femme, les
yeux dilatés par l'angoisse. Elle s'arc-boutait, vivante

48

image de la terreur, la bouche blanche, les veines des tempes saillantes. Il eut le plus grand mal à l'entraîner, déjà on les regardait avec une curiosité dépourvue de bienveillance. A l'hôtel, elle eut une crise nerveuse et il dut lui faire absorber une dose élevée de tranquillisants pour qu'elle consentît enfin à s'endormir. Ils ne pouvaient plus rester ici. Le soir même il demandait la note et reprenait la route de Paris, Jeanne tassée sur la banquette arrière. Ce retour précipité éveilla la curiosité et les commérages, d'autant plus que Georges, devenu sombre et irritable, cédait de plus en plus fréquemment à la mauvaise humeur, éclatant en crises de colère et en invectives. A présent il ne dormait pratiquement plus, ne trouvait le sommeil qu'en ayant recours aux narcotiques. Victime d'un début d'anorexie, il lui arrivait de n'absorber qu'une tasse de café en vingt-quatre heures. Il souffrait de ne pouvoir se confier. A plusieurs reprises il prit rendez-vous sous un nom d'emprunt avec un spécialiste et se décommanda à la dernière minute. Il ne pouvait s'empêcher d'imaginer l'effet produit sur le public par l'indiscrétion d'un échotier :

> *Les livres primés par le Salon de la Jeunesse étaient écrits par une FOLLE !*
> *La lauréate du Prix de l'Enfance était une PSYCHO-PATHE !*

« Les ventes chuteraient à une vitesse vertigineuse, la carrière de Jeanne serait définitivement ruinée. La carrière de Jeanne UNIQUEMENT ? Allons ! Il savait bien que le scandale ne manquerait pas de rejaillir sur la société d'édition ! Une répugnance alimentée par le doute s'installerait dans l'esprit des parents, instinctivement on s'écarterait des livres portant le sigle de la maison...

« Très rapidement il se vit contraint d'annuler tous les rendez-vous télévisés de Jeanne, les débats ou les séances de signatures organisés par les responsables d'émissions pour la jeunesse. Il demanda à la femme de ménage de ne plus venir qu'une fois par semaine, le samedi de préférence, lorsqu'il serait présent ; cela à seule fin de pouvoir endiguer toute manifestation délirante de la part de son épouse. Jeanne ne protesta pas, elle ne semblait pas souffrir de cette claustration, et il eut même l'impression qu'elle aurait accueilli avec un soulagement immense la perspective de se retrouver murée dans une pièce sans fenêtre, verrouillée dans une chambre forte ou prisonnière d'un caveau, pourvu qu'on la tînt soigneusement coupée de l'extérieur. Elle le supplia avec un tremblement dans la voix de faire souder les volets métalliques obturant les fenêtres du rez-de-chaussée. C'était une idée totalement inconcevable, en moins d'une matinée l'ouvrier convoqué pour la besogne aurait répandu l'histoire à travers toute la ville. Il se contenta d'acheter une dizaine de gros cadenas au rayon outillage d'un grand magasin, ainsi que quelques mètres de chaîne à forts maillons. Sa serviette bourrée, pesante, il se sentait ridicule. Les regards des passants le brûlaient au point qu'il n'osa ouvrir le coffre pour y déverser ses achats et, toute la journée, il dut remorquer ce fardeau comme un boulet.

« Dans la matinée, sa secrétaire voulant taper une série de contrats, déplaça la serviette pour accéder à un tiroir. Le poids inhabituel du sac lui arracha une exclamation de surprise : "Vous transportez un dictionnaire en dix volumes ? !" lança-t-elle avec un petit rire.

« Il ne sut pas répondre sur le même ton, ses nerfs étaient trop noués pour lui permettre d'esquisser une quelconque plaisanterie. Il eut un rictus déplaisant, mi-rire, mi-grimace, une crispation de gargouille qui amena sur le visage de sa collaboratrice une expression égarée, surprise et inquiète.

« Le soir même il dut courir de fenêtre en fenêtre pour fixer tant bien que mal les cadenas de métal gris. Il n'avait jamais été très adroit de ses mains, et son travail manquait de la plus élémentaire technique. Jeanne suivait le moindre de ses gestes, pelotonnée au creux d'un fauteuil, à demi nue, drapée dans une couverture grise, telle une squaw dérisoire égarée dans ce salon Henri IV aux boiseries lourdes et sombres. Il ponctuait son labeur de commentaires qu'il aurait voulu rassurants : "Là ! C'est bon ! ça ne bougera plus maintenant !"

« Il se regardait agir, dédoublé, spectateur de lui-même, incapable de coller réellement à la situation. Il imaginait la tête de la femme de ménage lorsqu'elle découvrirait les persiennes aux poignées entravées de chaînes. Mais non, il faudrait tout enlever le vendredi soir en priant pour que Jeanne ne s'en aperçût pas. "J'ai tort de rentrer dans sa folie, pensait-il en serrant les dents, après elle me fera murer les escaliers, les cheminées. Elle se mettra à vivre dans une malle bouclée à double tour dont je n'entrebâillerai le couvercle que pour lui passer quelques aliments, une carafe d'eau, un..." Il se rappelait une histoire lue dans son enfance, celle d'un passager clandestin qui se glissait à bord d'un voilier enfermé dans un coffre avec des provisions, un livre et une chandelle. *Arthur Gardon Pym*, peut-être ?

« Il n'eut même pas la force de monter se coucher. Au moment où Jeanne posait le pied sur la première marche de l'escalier, il eut une bouffée de haine incontrôlable.

« — Après ce sera le tour du deuxième étage ! cria-t-il en broyant les accoudoirs de son fauteuil.

« Elle eut un pauvre sourire. "Mais non, murmura-t-elle, IL est trop petit, ne t'en fais pas."

« C'était elle à présent qui le rassurait. Il dut se retenir pour ne pas fondre en larmes.

« Les semaines suivantes se passèrent sans éclat notable. Jeanne paraissait s'enfoncer dans une folie morne. Elle peignait des heures durant. De stylisé, son trait s'était fait maniaque, microscopique, d'immatérielles ses couleurs sentaient à présent la fumée des catastrophes et le deuil. Elle ciselait des toiles d'abord naïves que gangrenait invariablement la venue de l'enfant noir, cellule initiale de quelque cancer mental dévorant son talent jour après jour. Puis il y eut ce week-end qu'elle passa à la fenêtre du grenier, dominant le quartier, une grosse paire de jumelles marines à la main, sondant les faubourgs à la recherche de quelque ennemi invisible.

« — Il y a la fête foraine, lui expliquait-elle avec patience. IL peut arriver sur l'un des chevaux du manège.

« Le lundi, lorsqu'il traversa la place du marché, en arrivant à la hauteur des baraques bariolées il se surprit à chercher des yeux le cercle des poneys de bois rose. *On devient fou à côtoyer les fous*, la phrase fusa dans son esprit avec le crépitement douloureux d'un flash.

« IL va venir, avait longuement balbutié Jeanne. IL va venir, IL se rapprochera de la maison, rue après rue ; et — un soir — tu le découvriras en rentrant, sur le trottoir. Juste devant la grille. SURTOUT NE LUI PRENDS PAS LA MAIN !

« Elle avait hurlé ces derniers mots, et il s'était enfui, l'abandonnant au milieu du salon, incapable de supporter une seconde de plus l'atmosphère étouffante de la villa. Il lui semblait que les bahuts, les commodes de bois sombre, les tables, grandissaient, s'épaississaient, envahissant tout l'espace, restreignant jour après jour le domaine des vivants. C'était comme si le mobilier tout entier se gorgeait soudain d'une sève malsaine et nourrissante, retrouvait l'horrible vitalité des bois d'Amazonie qui repoussent à peine coupés. Chaque matin les pièces devenaient plus petites, les planchers ployaient sous la charge de ce troupeau, de ces pachydermes à tiroirs, à charnières ; de ces baleines de chêne ou de merisier. Il retrouvait les phobies de son enfance, la terreur des placards ou des escaliers sans lumière. Il redécouvrait le *no man's land* de la cave, de la remise à outils au fond du jardin, tous ces territoires d'épouvante où ses dix ans avaient erré, les yeux écarquillés et le cœur fou.

« A chaque fin de semaine il s'embarquait avec Jeanne dans cette arche d'angoisse, il vivait quarante-huit heures de parfaite régression dans l'épuisement et la nausée, l'estomac vide et la tête lourde d'insomnie. Ils voguaient, s'enfonçaient, coulaient, dérivaient à la lisière de terres de brouillard où surgissaient — tels des icebergs — les fantômes impalpables, imprécis, les masques anonymes nés des cauchemars de l'enfance. Et Georges, cramponné à la rampe de l'escalier comme un gabier au cordage d'un hauban, regardait d'un œil atone la course de Jeanne allant d'une fenêtre à l'autre, éprouvant la solidité des volets, ses jumelles en sautoir sur ses seins nus, pour remonter ensuite les marches quatre à quatre vers la tabatière du grenier en murmurant des phrases incompréhensibles.

« Il émergeait du dimanche comme un noyé rejeté sur une plage. Il arrivait aux éditions à l'aube, dans ses vêtements froissés du vendredi, les joues bleues d'une barbe de trois jours. Tant bien que mal il essayait de se changer dans le minuscule cabinet de toilette jouxtant son bureau. Il se rasait, s'aspergeait d'eau de lavande, de déodorant, mais dans la petite glace son visage restait blême, avec ses rides grises de fatigue. A ce moment il savait qu'il disposait de douze heures de répit avant de replonger dans l'enfer du pavillon et il prenait à ce sursis un plaisir extrême ; il aurait voulu que le temps se dilate, que les heures s'étirent comme une guimauve soumise à une chaleur trop vive. Plus peut-être que la maladie de Jeanne, il en venait à redouter les ravages que la tension nerveuse commençait à exercer sur son propre psychisme. Il sursautait au moindre craquement, ne pouvait s'empêcher de regarder par-dessus son épaule. Rester seul dans une pièce plus de quelques minutes faisait monter en lui un étrange malaise. La pénombre automnale qui coulait des fenêtres pour submerger les formes et les objets lui devenait très rapidement insupportable. Il étouffait, allumait lampes et plafonnier. Déjà il ne tolérait plus sans claustrophobie les piles de livres et de manuscrits encombrant sa table de travail. Il avait fait vider la pièce et les étagères au maximum ne conservant que le strict nécessaire, ce qui conférait à l'ensemble une bizarre allure ascétique.

« Le lendemain, alors qu'il rentrait, il découvrit Jeanne dans le salon. Elle était détendue, presque souriante, SOULAGÉE, comme quelqu'un qui s'éveille après une catastrophe et sort de l'état de paralysie dans lequel le tenait la peur de ce même cataclysme. Sans trop savoir pourquoi, il en conçut une inquiétude plus grande encore. Ce calme d'eau trouble ne lui disait rien qui vaille. Comme il ouvrait la bouche, la jeune femme posa un doigt sur ses lèvres.

« — IL est là, murmura-t-elle, l'enfant noir. IL a regardé entre les barreaux de la grille tout l'après-midi.

« Par la même occasion, il remarqua qu'elle avait débarrassé les fenêtres de leurs entrelacs de chaînes et de cadenas. C'était comme une reddition, une acceptation. Elle n'avait plus envie de fuir. Elle attendait. Résignée. "Demain il sera ici, chuchota-t-elle d'une voix blanche, ICI !"

« Il se demanda s'il devait rester aux côtés de Jeanne pour la durée des prochaines vingt-quatre heures, puis il réalisa que la jeune femme n'avait plus qu'une perception du temps très fantaisiste. Demain pouvait vouloir dire dans dix minutes ou dans trois semaines. Il ne pouvait d'ailleurs guère s'abstenir de se rendre au bureau, ses fréquentes absences ayant déjà été à l'origine de multiples retards.

« La journée du lendemain se déroula sans anicroche, un long conseil d'administration vint occuper l'esprit de Georges, n'y laissant nulle place pour les délires de Jeanne. Ce ne fut que lorsqu'il poussa la porte d'entrée après avoir remonté l'allée caillouteuse qu'il découvrit, pendus à la patère du vestibule, LE BÉRET, L'ÉCHARPE, ET LE PETIT MANTEAU DE L'ENFANT NOIR...

« Pendant une fraction de seconde il sentit sa raison vaciller. Il demeura tétanisé au milieu du hall à damiers, les yeux fixés sur les vêtements diaboliques accrochés au portemanteau. C'était comme les trois coups présidant à l'ouverture d'un cauchemar. Le signe évident, ironique, impudent, que *l'ennemi était désormais dans la place.* Il eut un mal fou à s'arracher de sa contemplation morbide, puis, progressivement, le sang se remit à circuler dans ses veines. Il se dépouilla de son imperméable qu'il laissa choir sur le sol et se rua vers le salon.

« Jeanne l'y attendait, debout, raide, dans une longue robe de drap noir qui évoquait irrésistiblement un linceul. La table avait été mise pour trois, et, avec une seconde de retard, il s'aperçut que le troisième couvert était un couvert d'enfant. Il n'eut pas la force d'élever une protestation, d'ailleurs l'attitude de la jeune femme avait changé. Chacun de ses gestes s'alourdissait à présent du poids d'un cérémonial incompréhensible. Ils mangèrent sans un mot, les yeux rivés sur la stupide cuillère de plastique rose flanquant l'assiette émaillée à l'effigie d'une quelconque souris de dessin animé. Pendant tout le repas Georges s'efforça de retrouver son calme et le fil de ses pensées.

« "C'est idiot, IDIOT ! songeait-il, elle n'a eu qu'à sortir cet après-midi pour aller acheter quelque part ces oripeaux de deuil. Rien d'étonnant à cela, elle ne fait que suivre le processus logique de sa folie." Chaque fois qu'il voulut ouvrir la bouche elle lui imposa le silence, comme si sa voix allait déranger leur convive invisible et funèbre. Luttant contre la crise de nerfs, il repoussa sa chaise et monta se coucher.

« Il s'écroula au centre de son lit, statue vivante incapable de trouver le chemin du sommeil. Il lui semblait que la maison, saturée d'obscurité, allait sombrer comme un navire qui fait eau. La villa lui paraissait une éponge de ténèbres qu'une main géante va soudain presser, libérant dans cette torsion toutes les forces incontrôlables du rêve. Petit, il imaginait déjà le flot sombre des cauchemars submergeant les couloirs, inondant les chambres, emportant son lit, tel le radeau d'un naufragé, vers la cataracte du grand escalier ou les récifs menaçants des bahuts à fleur d'eau. Mais cette fois il ne pouvait plus s'éveiller pour fuir l'horreur, non, puisqu'il NE DORMAIT PAS !

« A partir de ce jour les choses allèrent très vite. La maison devint la maison du silence. Parfois, lorsqu'il quittait la salle de bains, Georges entr'apercevait Jeanne sortant du cagibi situé tout au fond du couloir, et où elle venait visiblement de passer la nuit. Avec minutie elle verrouillait alors le battant et enfouissait la clef dans l'une des poches de la robe suaire qu'elle ne quittait pratiquement plus à présent. Il ne s'étonnait de rien. Il savait que la lugubre farce allait continuer jusqu'à atteindre son point de rupture. Il y aurait un spasme ultime, une convulsion, et enfin, le dénouement. Il s'était procuré des livres médicaux, des traités de psychiatrie. Il n'ignorait plus qu'un tel état pouvait rester stationnaire des années durant et qu'il lui faudrait alors se résoudre à prendre des dispositions en évitant toute publicité, mais il demeurait incapable d'arrêter une décision. Il était de nouveau assailli par les terribles crises de doute qui avaient miné son enfance ; les faits, les choses, perdaient leur solidité, leur certitude. Le matin, il hésitait vingt minutes entre deux chemises ou trois cravates.

« N'y tenant plus, résolu à vider l'abcès, il s'arrangea pour verser dans la carafe d'eau du repas quelques gouttes d'un puissant soporifique. Dès que Jeanne fut assoupie, il récupéra la clef dans la poche de la jupe et courut au cagibi. Ce qu'il y vit fit monter un frisson d'épouvante sur sa nuque. La jeune femme avait aménagé le réduit en chambre d'enfant : un lit, un ours en peluche et un cheval à bascule occupaient tout l'espace de ce placard-prison. Mais le plus horrible venait de ce que ces objets en d'autres circonstances totalement anodins avaient tous été recouverts d'une même peinture noire, mate, uniforme. Funèbre. Ainsi le cheval à bascule semblait échappé de quelque manège macabre ; le lit aux draps noirs attendait on ne sait quel dormeur d'outre-tombe, quant à l'ours en peluche, sa fourrure de ténèbres l'avait fait passer du statut de jouet à celui d'ustensile de sabbat. Les parois mêmes de la geôle avaient été badigeonnées avec autant de soin que l'intérieur d'un appareil photographique. Il se dégageait de tout cela une impression de mort qui vous serrait la gorge. C'était le tableau final d'une mise en scène d'envoûtement, une cellule-piège prête à happer le premier enfant passant à sa portée. Georges recula, les mains moites, fuyant ce sépulcre, cette chambre pour jeune cadavre.

« Jamais au cours des semaines qui suivirent il n'osa franchir une nouvelle fois le seuil de la nurserie macabre. Il aurait eu la conviction de s'égarer dans une morgue. Le cagibi était comme un chancre au cœur de la maison, une tumeur encore localisée mais dont n'allait plus tarder à rayonner le mal. La nuit, lorsqu'il lui arrivait de quitter sa chambre pour gagner la salle de bains il considérait la porte brune tout au fond du couloir avec une fixité proche de l'hypnose, et il n'aurait pas été surpris outre mesure si un sang noir, épais comme de l'encre, s'était soudain mis à suinter sous le battant ou par le trou de la serrure.

« Il perdait le sens du réel. "Cela s'appelle schizophrémie !" se répétait-il de plus en plus souvent, "méfie-toi !".

« Puis les objets apparurent comme les symptômes épars d'une maladie qui se précise, progressivement, sournoisement. Un train électrique aux wagons totalement noirs, étrange convoi mortuaire, voitures fan-

tômes conduites par quelque croque-mort machi-
niste et que Jeanne avait soigneusement recouvert
d'une couche opaque et mate, un ballon, une petite
automobile, d'autres bêtes en peluche. Toute une
armée d'invasion, les premiers éléments d'un
bataillon de l'ombre qui paraissait sortir de nulle
part, s'épanouissant à même la moquette telles d'horribles fleurs de cimetière pour encercler Georges.
Déjà il n'osait plus les repousser du pied, les écraser à
coups de talon, comme s'ils allaient soudain éclater
sous le choc, bulles malsaines et poisseuses, poches
molles gorgées de bacilles. Sur la nappe, à l'heure du
repas, l'assiette et le couvert de l'enfant étaient égale-
ment noirs à présent et Georges se sentait assailli par
le souvenir d'anciennes lectures : ... *Les nourritures
du sabbat étaient servies dans des plats couleur de nuit*,
bientôt la nappe changerait elle aussi de teinte, la
maison tout entière s'enfoncerait dans l'obscurité,
Jeanne couperait l'électricité, ils devraient apprendre
à se déplacer en aveugles, ils... Il faisait d'immenses
efforts pour se ressaisir, sortir de son état second,
garder une attitude cohérente ; toutefois il ne put se
défendre d'un sursaut de répulsion lorsque Jeanne,
un soir au moment de passer à table, lui offrit une
cravate noire qui semblait sortir tout droit d'un magasin de pompes funèbres. C'était comme si on lui avait
subitement serré le cou avec le nœud coulant d'une
potence, il recula, glacé. Elle se fit grondeuse :
"Allons ! Tu sais bien que c'est la fête des pères ! On ne
refuse pas un cadeau !"

« Il se laissa faire, la nuque raide, n'osant plus bouger comme si on venait de nouer une vipère vivante
sous sa pomme d'Adam.

« Il réussit à se dominer pendant le dîner, mais dès
qu'il se retrouva seul son premier geste fut de saisir
une paire de ciseaux pour réduire en pièces la mince
bande de tissu brillant. Il agissait avec une joie féroce
mêlée de répulsion, la même joie qu'il avait ressentie
lorsque enfant il avait vu un paysan sectionner un

reptile à coups de serpe. Puis la crise passa et il s'écroula sur son lit, le visage en sueur, secoué de sanglots.

« Il savait qu'il perdait pied, lentement mais sûrement, qu'il se laissait contaminer par Jeanne, par l'atmosphère de la villa. Il lui semblait que la jeune femme, telle une fée maléfique, réveillait aujourd'hui la malignité de la bâtisse, cette méchanceté suintante dont il avait souffert pendant toute son enfance.

« Il se rappelait les contes que le jardinier s'appliquait à lui raconter et qui le dressaient sur son lit à deux heures du matin, la poitrine oppressée par l'angoisse. Mais il ne pouvait s'interdire de revenir, et tout en rectifiant l'alignement des buis, l'autre continuait son histoire, dressant un véritable catalogue d'épouvante parsemé de maisons élevées sur les ruines d'anciens cimetières et que les morts mécontents parcouraient dès le douzième coup de minuit sonné, de villas bâties avec des poutres de potence ou du bois de guillotine, et dont les pierres provenaient directement de carrières où avaient été sacrifiés les premiers chrétiens. Georges écoutait, terrifié, fixant la masse trapue de la villa, de ce tombeau déguisé en demeure bourgeoise et qui n'attendait que la nuit pour reprendre ses droits. Il ignorait bien sûr qu'à la pause casse-croûte le jardinier s'empressait d'aller raconter à la cuisinière "comment il avait réussi à foutre la pétoche au fils du patron !", et que la grosse femme, tout en marmonnant son éternel : "C'est pas bien, m'sieur Maurice, ça vous vaudra que des ennuis", ne pouvait s'empêcher de sourire de la bêtise des gosses de riches.

« Comme cela s'était produit plusieurs fois ces derniers temps, Georges finit par s'endormir tout habillé. Mais désormais le sommeil n'était plus une délivrance, et il ne faisait qu'échanger un cauchemar pour un autre. Soudain, alors qu'il abordait une de ces phases nocturnes où l'esprit se déplace à fleur de conscience comme un nageur qui vient gonfler ses poumons à la surface de l'eau pour mieux replonger ensuite au cœur des abîmes, un cliquetis venu de la porte se répercuta sous son crâne avec l'ampleur d'un bourdon de cathédrale. *Quelqu'un tournait la poignée de sa chambre*, quelqu'un entrebâillait le battant, quelqu'un... Pendant une interminable seconde il chercha à émerger du néant. C'était une sensation atroce, celle d'un animal, d'un insecte qui tente désespérément de s'arracher à la glu d'un piège. Il lui semblait que son cerveau et son corps ne fonctionnaient plus qu'au ralenti, comme si un maléfice avait définitivement changé leur unité de temps, une seconde devenait une heure, une heure deux jours et demi, une journée... Et déjà Jeanne s'approchait, ses genoux touchaient le bas du lit et la lune par la fenêtre éclairait son visage osseux, blême, ainsi que la double lame des grands ciseaux qu'elle tenait levés à hauteur de l'épaule tel un quelconque outil sacrificiel. Elle avançait, avec sa chair que la lumière des étoiles bleuissait, statue vivante cherchant sa cible sur le corps assoupi, offert...

« Il vit le bras se lever plus haut encore, les articulations se mettre en place pour le coup, les muscles jouer, se tendre, tout cela avec une extraordinaire lenteur comme si l'air, devenu soudainement épais, ralentissait le moindre geste. Il eut enfin la force de crier "JEANNE !"

« L'enchantement se dissipa, l'onde sonore cueillit la jeune femme au plexus, il la vit tressaillir, s'éveiller à son tour. Pendant une fraction de seconde elle redevint lucide, son regard se fit humain, la folie refluait. Georges, fasciné, suivait chaque phase de la métamorphose : les yeux écarquillés, surpris, stupéfaits, horrifiés ; elle regardait son bras, sa main serrée sur les ciseaux avec autant de répulsion qu'une charogne. Sa paume s'ouvrit avec une seconde de retard sur le reste du corps, comme si la folie s'accrochait à ces doigts blanchis par l'effort, comme si la volonté de tuer résistait encore à la vague de lucidité, puis l'outil tomba sur le sol avec un bruit sourd et il n'y eut plus que le cercle tremblant de la bouche de Jeanne ouvert sur un hurlement muet de terreur et de dégoût.

« Il comprit qu'en ce moment, QU'À CETTE SECONDE, elle n'était plus folle, que — tel un naufragé aspiré par les profondeurs — elle faisait surface pour quelques instants seulement à la crête d'une vague. Il aurait voulu lui tendre la main, mais il savait que les rouleaux allaient la reprendre, l'entraîner vers les grands fonds. L'espace d'un moment ils se regardèrent en face comme deux êtres qui SAVENT, et ils furent plus proches l'un de l'autre qu'ils ne l'avaient jamais été.

« Déjà Jeanne reculait, battait en retraite, il l'entendit courir dans l'escalier. Deux minutes plus tard le moteur de sa voiture vrombissait dans la cour, il y eut un hurlement de vitesse mal passée, un jaillissement de graviers, puis le bruit de la mécanique avalé par la nuit. Cette fois il était seul.

« Il demeura prostré deux jours durant, la tête vide, incapable de prendre une décision. Ce fut la sonnerie du téléphone qui le tira brusquement de son anéantissement. Comme au travers d'une double épaisseur d'ouate, il entendit une voix au ton administratif lui apprendre qu'une personne identifiée comme sa femme par des gens du bourg *venait de se suicider à la gare centrale en se jetant sous les roues du train de midi treize*. On lui demandait de passer de toute urgence au commissariat.

« Il raccrocha, vide de tout sentiment. Il restait là, immobile, fixant le téléphone gris comme une bête inconnue dans la vitrine d'un quelconque musée de paléontologie. Au même moment un soulagement qui lui faisait honte l'emplissait tout entier. Il s'habilla mécaniquement, prit le chemin du poste de police sans même refermer la grille du parc. Lentement, tout reprenait sa place initiale. En fait, tout au fond de lui-même, il avait toujours su, il avait toujours attendu l'issue fatale, la dernière crispation. Il ne ressentait aucune peine, aucune douleur. Au cours des dernières semaines la tension avait été telle qu'il en était plusieurs fois venu à se demander s'il résisterait encore longtemps au désir de supprimer Jeanne pour tenter d'enrayer le long naufrage de sa propre intégrité mentale.

« Au commissariat on l'accueillit avec des mines de circonstance. Ne faisait-il pas figure de notable dans la petite ville ? Un responsable lui affirma que les formalités seraient réduites au minimum. Il se contenta de hocher la tête et lorsqu'on lui demanda d'expliquer le geste de sa femme il se surprit à mentir avec un aplomb et une facilité qui le stupéfièrent lui-même.

« — C'était une artiste, s'entendit-il murmurer, vous comprenez, elle traversait une période de stérilité très éprouvante, après ses premiers succès elle s'est retrouvée terrifiée à l'idée de soudain démériter, de n'être plus à la hauteur. Son angoisse a progressivement paralysé toute inspiration. Elle restait des journées entières le front dans les mains à la poursuite d'une idée, d'un scénario... Les derniers temps elle était très déprimée, ne mangeait plus, ne dormait qu'une heure ou deux par nuit...

« En face de lui le fonctionnaire faisait la moue, les traits amollis d'une sympathie de commande. Georges continua ainsi pendant plusieurs minutes. Il dut ensuite reconnaître le corps. Par bonheur le visage de Jeanne n'avait pas souffert et il put supporter l'épreuve sans défaillir comme il le redoutait. Ces formalités accomplies, on lui proposa de le ramener chez lui mais il déclina l'offre, alléguant qu'il préférait marcher pour retrouver ses idées.

« La nouvelle s'était déjà répandue comme une traînée de poudre et tous les passants qui croisaient son chemin lui jetaient des coups d'œil furtifs et avides, il était devenu l'attraction, le point focal de la cité. Il pressa le pas, plein d'un calme trouble de mauvais augure. Il aurait préféré hurler, pleurer, s'écrouler en travers du trottoir en proie à la plus affreuse des crises de nerfs, mais il se contentait d'avancer, et des pensées stupides affluaient constamment à sa conscience sans qu'il pût rien y faire : "Tiens, la fille de la crémière s'est fait couper les cheveux. La vitrine de la librairie est fêlée. La boulangère est enceinte..."

« Lorsque les gravillons de l'allée crissèrent sous ses semelles il réalisa qu'il était revenu machinalement à son point de départ. Cette fois il ferma la grille, verrouilla la porte d'entrée et se rendit dans la cuisine.

« Bousculant le contenu des placards il mit enfin la main sur ce qu'il recherchait : une bouteille d'alcool à brûler à demi pleine qu'il transporta au salon, jusqu'à la cheminée de marbre rose. Le reste se déroula selon un enchaînement purement mécanique, ne laissant nulle place à la réflexion. En une heure il avait rassemblé au centre de l'âtre toutes les toiles, toutes les esquisses, les brouillons, les manuscrits de Jeanne, toutes les manifestations encore palpables de la présence de l'enfant noir. Il y ajouta les jouets peints, ours, balles, cheval à bascule. Il tassait ces dépouilles à coups de talon, avec une rage glacée et c'est avec une répugnance incontrôlable qu'il jeta au sommet du bûcher la panoplie de l'enfant maudit : le manteau, le béret et l'écharpe de deuil. Il eut un frisson d'intense répulsion, c'était comme s'il eût saisi à pleines mains la défroque d'un lépreux.

« Il arrosa le monceau de débris à l'aide du contenu de la bouteille de plastique bleu. Cet autodafé l'emplissait d'une joie féroce. S'il n'avait craint de se laisser emporter à son tour par la folie il aurait déchiqueté chaque objet avec ses ongles et ses dents. Contenant de plus en plus difficilement la fièvre hystérique battant à ses tempes, il craqua une allumette, provoquant un véritable éclatement de flammes bleues. Fasciné, il s'agenouilla sur le tapis, les pupilles rétrécies par la lueur du foyer qui ronflait à présent comme une forge.

« Avec une rapidité bienfaisante les langues de feu rongeaient les contours des cadavres de jouets, noircissaient les toiles et les esquisses, carbonisaient les feuillets couverts d'une écriture heurtée. Georges ne bougeait plus, indifférent aux flammèches qui roussissaient ses vêtements, à la fumée qui le secouait d'une petite toux sèche régulière, lui piquait les yeux et inondait ses joues de larmes. Il resta dans cette position longtemps encore après que le bûcher eut jeté sa dernière étincelle. Il ne subsistait plus rien de la folie de Jeanne, aucun souvenir, aucun indice, aucune PREUVE... Pour plus de sûreté, il parcourut une ultime fois la villa dans ses moindres recoins pour s'assurer qu'il n'avait rien oublié, mais non, le feu avait tout dévoré. Il jeta nerveusement les quelques pelletées de cendres encombrant la cheminée au fond d'un seau et sortit dans le jardin pour déverser son fardeau entre les trous d'une grille d'évacuation.

« La maison était exorcisée. Cette pensée stupide continuait à tourner dans sa tête. Enfant déjà, il se livrait dans les couloirs de la bâtisse à mille cérémonies d'exorcisme dont il réinventait chaque fois le rituel, utilisant pour ce faire des mots pêchés dans le dictionnaire médical de ses parents, des vocables dont il ignorait la signification mais qui lui paraissaient pleins d'une heureuse influence. Il parcourait ainsi la maison, les bras en croix, hurlant à tue-tête des termes comme *Vaso-dilatation, anaphylaxie, cancroïde, typhlite, xyphoïde*...

« Il savait que dès demain les journaux seraient pleins de la mort de Jeanne... *Crise d'inspiration, dépression, succès trop écrasant*..., il pouvait prévoir sans peine le leitmotiv des articles. Pour tous Jeanne resterait une victime de l'art, une vedette incapable de supporter plus longtemps les tensions d'un métier déjà propre à favoriser l'épanouissement des névroses. Personne n'irait imaginer la lente dégradation dont Georges avait été l'unique témoin. Nerveusement il inspecta une nouvelle fois la maison avec un soin maniaque, seules les parois du placard demeuraient noires, mais il pourrait toujours prétendre y avoir momentanément installé un laboratoire photographique d'amateur... *Prétendre ?* Pourquoi ? ! Il se rendit subitement compte qu'il agissait comme un criminel se composant un alibi, qu'il se comportait en COUPABLE !

« Mais coupable, ne l'était-il pas un peu ? Si, comme l'impliquait la plus élémentaire logique, il avait conduit Jeanne dans un hôpital psychiatrique dès les premiers symptômes du mal tout cela serait-il arrivé ? Mais il avait craint le scandale, la souillure, il avait sacrifié la jeune femme au renom de la société d'édition. D'ores et déjà il sentait que ce choix garderait pour toujours un arrière-goût de culpabilité, de péché.

« Les jours suivants se déroulèrent dans le morne accomplissement des formalités funèbres, des dernières tracasseries administratives, et Georges vécut ces instants à travers le voile d'une indifférence cotonneuse, étrange. Par moments des bourdonnements intenses lui emplissaient les oreilles, gommant tous les bruits autour de lui. Il devenait sourd avec un contentement insolite, regardait les lèvres remuer, murmurer des paroles de condoléances dont il ne percevait pas la moindre intonation. Puis le malaise disparaissait et il retrouvait ses facultés auditives pour une heure ou deux, jusqu'à la nouvelle crise.

« "Phénomène psychosomatique, songeait-il en serrant des mains inconnues, volonté de s'isoler de l'extérieur."

« Il ne pensait pas être sérieusement atteint, il était secrètement persuadé que le temps laverait sa conscience des dernières scories de culpabilité. Il se trompait.

« Alors qu'il prenait le chemin du retour, ses doigts se crispèrent brutalement sur le volant, comme aspirés, possédés, collés par un fort courant électrique. Au même moment un voile opaque obscurcit sa vue, le rendant totalement aveugle. La voiture décrivit une courbe gracieuse, sauta le fossé pour s'écraser contre un mur, et la tête de Georges traversa le pare-brise dans un grand éclaboussement de verre avant d'aller heurter le capot gris métallisé avec un choc sourd qui fit serrer les dents aux rares témoins de l'accident.

« Par la suite, chaque fois qu'il tenta de se remémorer la scène pour lui trouver une explication satisfaisante, il réalisa qu'il lui était impossible de trancher entre un malaise dû à sa grande fatigue et une manifestation suicidaire de son inconscient incapable d'assumer la mort de Jeanne.

« Lorsqu'on le dégagea des débris de la voiture, miraculeusement indemne, il savait déjà qu'il ne pourrait jamais se laver *de la souillure* de ce qu'au fond de lui-même, il considérerait toujours comme un crime. *Son crime*. »

(à suivre)

5

Le rectangle blanchâtre du manuscrit se détachait dans la pénombre emplissant la pièce. Georges réalisa qu'il avait perdu la notion du temps, par l'ouverture de la fenêtre le ciel lourd d'automne pesait sur son dos avec ses éboulements de nuages noirs, fumées d'incendies invisibles, dernières volutes de bombardements fantômes. Une fois encore il caressa la première page, et plus précisément la ligne du titre dont il n'arrivait plus à voir les mots. Son index partit en reconnaissance, effleurant le papier comme celui d'un aveugle, explorant les creux et les bosses imprimés sur le velin par les petits caractères de fer de la machine à écrire.

L'enfant noir... Depuis des heures les deux mots tournaient à toute vitesse dans le maelström de son cerveau liquéfié. *L'enfant noir.*

Des bribes d'histoires fantastiques lues dans sa jeunesse affluaient à sa mémoire : un homme achète un livre chez un antiquaire. En l'ouvrant il découvre avec stupéfaction que l'ouvrage raconte sa vie personnelle dans les moindres détails — enfance, adolescence — tout y est. Plus il tourne les pages, plus la chronique se rapproche du présent, puis l'achat du livre est lui-même relaté, et c'est le FUTUR, avec, pour dernier chapitre la mort de celui qui parcourt fiévreusement les feuillets imprimés en gros caractères élégants par la presse diabolique.

Oui, un thème mille fois traité. Eculé. Georges se secoua, il ne devait pas se laisser impressionner, et pourtant il avait la certitude que PERSONNE n'avait jamais rien su, que la folie de Jeanne était restée un secret. Un secret jalousement gardé. Ses mains moites avaient communiqué leur humidité au papier, gondolant les feuilles impeccablement dactylographiées. Il y avait là des précisions hallucinantes. COMME SI L'AUTEUR DU MANUSCRIT AVAIT ASSISTÉ À LA SCÈNE ! A plusieurs reprises Georges avait tressailli, retrouvant à la lecture un détail oublié (l'épisode des cadenas notamment, qui lui était totalement sorti de l'esprit). Il ne voyait qu'une explication : quelqu'un l'avait espionné, caché dans le parc, jumelles au poing. Prenant des notes dans le but de le faire chanter...

Mais non ! C'était RIDICULE. Il eût été beaucoup plus facile de le faire chanter *à l'époque* en le menaçant d'avertir la presse. Aujourd'hui les livres de Jeanne n'étaient même plus en vente, et le public l'avait totalement oubliée. Un écho dans le meilleur des journaux à scandales ne porterait aucun préjudice à la maison d'édition.

Non, on n'en voulait ni à sa notoriété ni à son argent, il était visé dans son intimité, dans son équilibre psychologique.

Une certitude atroce attisait sa fièvre mentale : celle de n'avoir JAMAIS soufflé mot à quiconque du drame qui avait conduit Jeanne au suicide. *Alors comment ?*

Avait-il parlé à quelqu'un en état somnambulique ? Mais non ! Il ne rêvait plus de Jeanne depuis son remariage... Une voisine indiscrète alors ? Un maître-chanteur ? Un auteur éconduit ? Un fou particulièrement bien renseigné ? Un de ces malades qui passent leur temps à espionner les gens à la jumelle ? !

Que ferait Nicole si la lâcheté de son mari venait à ses oreilles ? Ne se détournerait-elle pas de lui avec dégoût ?

Ne cherchait-on pas à l'atteindre, lui, Georges, dans

ce qu'il avait de plus cher au monde ? D'ailleurs en ce moment même pouvait-il être certain que la jeune femme n'avait pas reçu un double du manuscrit qu'il tenait entre les mains ? Une véritable panique l'envahit.

Et si tout à l'heure elle s'adressait à lui le sourcil froncé, réclamant des explications, exigeant la vérité ? Il était en sueur, au bord de la nausée, il faillit se jeter sur le téléphone, se ressaisit. Il aurait été incapable de surmonter le balbutiement qui lui emplissait la gorge. Il essaya de raisonner. Les paragraphes dansaient sous ses yeux. *Qui avait lu dans sa tête ?* Qui avait percé son secret ? Le plus affolant était que le manuscrit ne s'arrêtait pas à la mort de l'artiste, mais décrivait ENSUITE les gestes de Georges dans la villa. Point par point. C'est à ce moment qu'on l'avait épié. Il en était sûr. Jeanne morte, ON était venu observer ses réactions, ON avait assisté au saccage des toiles, des esquisses, ON l'avait regardé se débattre pour faire disparaître les derniers indices, ON...

Il se renversa dans le fauteuil. Sa chemise adhérait à sa peau, irritant son cou et ses aisselles. Il se sentait brisé, dénudé, fouillé, plein de cette honte anéantie qui l'avait submergé le jour où un chirurgien l'avait fait mettre à quatre pattes sur la table d'auscultation pour lui enfoncer un doigt ganté dans l'anus. Etre observé à son insu avait toujours été l'une des grandes peurs de son enfance, Laurent en avait maintes fois abusé, multipliant les momies voyeuses l'œil rivé au trou de serrure, les monstres murés dans l'épaisseur d'une cloison et lorgnant les vivants par une déchirure du papier peint.

Il se passa la main sur le visage. Il ne devait pas se mettre à divaguer. Le plus urgent était de localiser l'ennemi. Il plongea dans la corbeille à papier à la recherche de l'enveloppe du manuscrit. Aussitôt il eut une moue dépitée. Ce n'était rien qu'un banal sachet kraft à son nom, sans mention d'adresse, et barré du sigle PERSONNEL-URGENT imprimé au tampon encreur. L'absence de timbres prouvait que le paquet avait été déposé par l'expéditeur lui-même... Allons donc ! Il délirait ! Il suffisait d'un gamin désœuvré, d'un pourboire, d'une phrase du style : « Tu peux porter ça là-bas ? Tu vois, le portail en fer forgé. Tu le donnes à la fille en bas. » Et l'homme, accoudé au comptoir d'un bistrot, surveillait le bon déroulement de la manœuvre. Anonyme, ingénieux. Intouchable.

Il trépigna de rage, froissa l'enveloppe entre ses doigts. Il se découvrait ridicule. Combien d'histoires semblables avait-il publiées ces dernières années ? « La vengeance *post mortem* » ! Une des figures classiques du roman policier, aujourd'hui il expérimentait ce scénario mille fois utilisé, mille fois lu, sur sa propre personne et il était incapable de prendre une décision valable. Il était impuissant.

Et d'abord que voulait-on ? Le torturer sans aucun doute. Des exemplaires du premier chapitre allaient probablement commencer à circuler sous le manteau, d'éditeur en éditeur. On se mettrait à jaser, à chuchoter des accusations. Et Nicole ? Comment la tenir à l'écart ? Il ne pouvait pas soudoyer le facteur tout de même. Tout au plus, pour quelques jours, pourrait-il prétendre avoir égaré la clef de la boîte à lettres. C'était une boîte très profonde, solide, munie d'un système interdisant de plonger la main dans la fente pour tenter d'en extraire le courrier : une rangée de tiges parallèles s'abaissant pour le passage des missives mais bloquant l'ouverture en sens inverse. C'était un pauvre stratagème, il ne pouvait pas condamner le casier à perpétuité, Nicole lui demanderait de fracturer la porte, peut-être le ferait-elle elle-même, d'autant plus qu'elle attendait des nouvelles de l'étranger, une série d'articles, quelque chose qu'il avait écouté d'une oreille distraite. La mettre au courant ? Ç'aurait été logiquement la seule solution. Il y répugnait. Elle avait de lui l'image d'un homme intègre, pointilleux parfois, toujours soucieux de respecter une éthique professionnelle au code strict. Elle aimait cette peinture un peu compassée, elle qui avait côtoyé trop de « magouilleurs », elle y puisait une sécurité nouvelle. Et il aimait ce rôle de « rassureur », de rempart. A jouer les défenseurs il gagnait une assurance dont il n'avait jamais possédé la plus petite once. Que dirait-elle aujourd'hui si elle venait à découvrir que celui qu'elle prenait pour un protecteur avait sacrifié sa première femme en toute conscience pour sauvegarder le renom de sa société ? Bien sûr les choses n'étaient pas si noires, mais comment lui expliquer, lui faire comprendre qu'à l'époque il n'était pas lui-même dans son état normal, qu'il s'enfonçait dans la folie à la suite de Jeanne, et que — tout compte fait — il avait agi en état de légitime défense...

Légitime défense ? Allons donc ! Il n'y croyait pas lui-même, comment dans ce cas arriverait-il à en persuader Nicole ? !

Il revint au manuscrit. Le brûler ? Non, après tout il constituait une pièce à conviction pleine d'enseignement. Il lui faudrait tout passer en revue : style, caractères employés, éventuels défauts... Encore une fois il se surprit à ricaner : voilà qu'il se prenait pour l'un des limiers hantant les romans qu'il publiait par dizaines à longueur d'année. Ses auteurs s'en seraient tenu les côtes.

Il décida d'enfermer le tas de feuillets dans le dernier tiroir de son bureau, à l'abri des regards indiscrets. Il restait le seul à en posséder la clef. Une obscurité de fin d'automne noyait à présent la pièce. Il se sentait aussi épuisé qu'au sortir d'un corps à corps.

Brusquement la sonnerie du téléphone retentit, le clouant sur place. Il hésita à décrocher. Dans les histoires, l'assassin en puissance use et abuse du téléphone pour terroriser ses futures victimes en les poursuivant du bruit de sa respiration saccadée. Il saisit le combiné. C'était Nicole.

— Qu'est-ce que tu fiches ? Tu sais l'heure qu'il est ?

Il la rassura d'une voix mal affermie, alla dans le

71

cabinet de toilette pour se passer de l'eau sur le visage. Il était livide. Tout autour de lui les pièces et les couloirs s'emplissaient d'une obscurité goudronneuse. Une subite envie de courir monta dans son ventre. Il lui semblait soudain que toutes les serrures abritaient un œil suivant le moindre de ses mouvements, que des êtres informes se mettaient à ramper dans l'épaisseur des murs. Lorsqu'il claqua le battant du portail, il était au bord de la panique. Il se rua sur sa voiture, démarra en trombe. Ses mains laissaient de grandes taches poisseuses sur le volant.

Il avait épousé Nicole peu de temps après leur première rencontre. Vite. Très vite. Bien trop vite, il en était parfaitement conscient. Il n'avait agi de la sorte que pour « brouiller » dans sa mémoire le souvenir de Jeanne, pour « s'occuper l'esprit » et chasser jusqu'aux derniers miasmes d'une aventure tragique et désespérante.

Nicole était aux antipodes de Jeanne : une poupée blonde aux mèches torrentueuses, une peau faite pour la soie et les escarpins sur mesure. Elle avait un corps velouté, avec des éclairs de cuisses dans l'entrebâillement de ses jupes fendues.

Georges était fasciné par la perfection du moindre de ses gestes. Parfois il lui semblait que Nicole — par le biais de quelque pacte diabolique — avait réussi à échapper aux asservissements physiques qui sont communément le lot des mortels. Ainsi elle ne transpirait pas en plein soleil, n'urinait ou ne déféquait jamais de manière importune, ne souffrait nullement du hoquet. Souvent, la nuit, il se redressait sur un coude pour la regarder dormir avec l'espoir secret de surprendre un ronflement disgracieux, une posture grotesque. Mais non, Nicole demeurait parfaite jusque dans l'inconscience, comme si un metteur en scène omniprésent et invisible réglait chacune de ses poses. Au réveil, il aurait aimé la découvrir le visage rouge de sommeil et les paupières gonflées, avec sur la joue la balafre en creux d'une pliure du drap, mais

72

là encore ses désirs sadiques s'effondraient devant la réalité des faits. Nicole jaillissait des couvertures aussi fraîche qu'une vedette à la fin d'une première prise. Il en concevait un étrange sentiment où se mêlaient à doses égales admiration et agacement. Il aurait voulu la ramener à des dimensions plus humaines, la rendre plus vulnérable, comme ces stars qu'il est toujours rassurant de surprendre démaquillées et qui, en bigoudis et pantoufles, perdent soudain toute essence divine. En ce sens Nicole restait irréelle, c'était un pur produit de l'art, sans faille et sans défaut, un objet qu'on se devait de posséder à toute force avec la jalousie féroce d'un collectionneur.

Dès qu'elle avait passé le seuil de son bureau il avait été sous le charme de cette figure au front haut, bombé, de ce nez lisse aux transparences de porcelaine.

Son nom ne lui était pas inconnu, il avait maintes fois lu sa signature dans une revue d'occultisme à gros tirage au bas d'articles à sensation du style : *Les nazis étaient-ils des extra-terrestres ? La momie découverte dans les Andes ne serait-elle pas celle de Jésus ?* ou encore : *Le* Titanic *a-t-il été coulé par les Atlantes ?*

Elle n'était pas dupe de ce qu'elle écrivait. « Lorsque je suis allée trouver le rédacteur en chef, lui expliqua-t-elle la première fois qu'ils déjeunèrent ensemble, c'était pour lui proposer de publier une série de nouvelles fantastiques. Je suis tombée sur un os, le type m'a aussitôt précisé que son public se moquait totalement des œuvres d'imagination et qu'il ne s'intéressait aux hypothèses délirantes qu'à condition qu'on les lui présente comme plausibles. Il m'a proposé de récrire mes textes sous la forme d'articles pseudo-scientifiques agrémentés de références bidons, de photos torpillées dans les archives des agences de presse et détournées de leur sens initial, bref, de présenter ce qui n'était à l'origine qu'une œuvre de fiction comme un reportage bon teint. Le succès a été immédiat. »

Georges l'écoutait, s'amusait, souriait. A l'opposé de Jeanne qui n'ouvrait la bouche que dans les cas d'urgence, Nicole babillait sans relâche sur un mode fantaisiste, tissant une agréable mélodie d'anecdotes, de confidences et de plaisanteries. Très rapidement, il comprit qu'elle cherchait à le séduire, mais elle était à ce point charmante qu'il se laissait faire, hypnotisé par la danse de ce petit visage de poupée têtue. Elle avait essayé de lui vendre une sorte de guide des sectes les plus délirantes du moment. Peu à peu les photos s'amoncelaient sur la nappe du restaurant. Georges se rappelait encore des « épargnants », un groupe d'illuminés vivant dans la crainte de l'envoûtement et qui thésaurisaient, parfois depuis vingt ou trente ans, leurs mèches de cheveux, leurs rognures d'ongles — souvent même leurs excréments — afin que ces débris ne tombent pas entre les mains de personnes malintentionnées, de sorciers capables de les utiliser pour quelque charme mortel. Et Nicole riait.

— C'est vrai ! Ils ne se déplacent qu'un attaché-case à la main. Si une envie pressante les surprend au restaurant au cours d'un déjeuner d'affaires, on les voit disparaître aux toilettes, leur valise à bout de bras, et tout le monde est persuadé qu'elle renferme de précieux secrets commerciaux. En réalité le bagage contient une série de flacons de plastique souple destinés à recueillir l'urine de leur propriétaire. Tout cela va ensuite dormir au fond d'un coffre numéroté, dans une grande banque, comme le plus précieux des paquets d'actions. Pour la même raison ils se coupent eux-mêmes les cheveux et les stockent pendant toute la durée de leur existence. Ils sont persuadés qu'une des causes principales du cancer est cet émiettement de la personnalité, de l'être physique auquel personne ne prête attention.

Il y avait de nombreux autres cas, tous plus fous les uns que les autres, au point que Georges s'était senti gagné par une certaine méfiance. Essayait-elle de le berner ? Il soupçonnait les véritables sectes occultes de plus de sérieux et de crédibilité. L'enquête de Nicole n'était-elle, à l'instar de ses précédents articles, qu'un canular monté de toutes pièces ? Un instant il s'imagina, déconsidéré par la publication de ce livre grotesque, et il eut le vertige. Trois jours plus tard il lui téléphona pour lui faire savoir qu'il renonçait à s'engager dans l'aventure.

— Le ton de votre bouquin est trop satirique, objecta-t-il, les amateurs du genre le prendront mal, ils se sentiront tournés en dérision.

Elle ne lui en tint pas rigueur et ils continuèrent à se voir à l'occasion d'un spectacle, d'un cocktail. A quelque temps de là, comme elle commençait à connaître de sérieux problèmes financiers, il lui offrit de devenir lectrice pour le compte des éditions. C'était un prétexte pour pouvoir la rencontrer chaque semaine, échanger des coups de fil, et discuter des après-midi entiers au mépris des tâches les plus urgentes.

Ils firent l'amour le plus naturellement du monde un mois plus tard, un samedi matin dans les locaux déserts de la société, au milieu de la salle de réception réservée aux conférences de presse. Peu de temps après ils se mariaient dans la plus stricte intimité.

Georges freina, jaillit du véhicule. La boîte à lettres était vide. Il remonta l'allée en courant. Des images l'assaillaient déjà : l'enveloppe déchirée sur la table du salon, le double du manuscrit froissé, et la jeune femme debout, raide dans un coin, le visage fermé, buté. Un verre de whisky à la main. Elle se tournerait vers lui, et les mots tomberaient de ses lèvres comme des cubes de glace : « Tu peux m'expliquer ? »

Il réalisa à quel point il tenait à elle. Elle était jeune, vivante, alors qu'il avait l'impression pour sa part de n'avoir jamais connu la jeunesse et d'être toujours demeuré une espèce de mort-vivant, de vieillard précoce. Une fois, ils avaient fait un test stupide dans un magazine féminin : *Quel âge avez-vous réellement ?* Comptabilisant les points, Nicole s'était alors tournée vers lui en s'esclaffant : « Tu as quatre-vingt-dix-neuf ans, mon chéri ! » Il en aurait pleuré de désespoir. Elle l'avait consolé à coups de baisers volontairement malhabiles. « Mais c'est ça que j'aime chez toi ! Tu le sais bien ! La maturité, le sérieux, la tête pleine ! » Il n'avait pas osé ajouter : « L'ennui ? »

Souvent — pour se rassurer — il s'était répété qu'il n'éprouvait pas de passion pour elle, qu'elle n'était qu'un bel animal doux à toucher, sorte de statue de chair qu'il aimait contempler sous le jet d'une douche ou au sortir de la baignoire. Un rêve adolescent devenu réalité, un ventre, des jambes. Il avait épousé un fantasme de collégien, l'émanation d'un dortoir de pensionnaires travaillés par la puberté. Il aurait pu rester des heures à détailler la pente élastique de son nombril, le pli de son aine, la cambrure de ses reins. Il devenait audacieux, lui ordonnant de se dévêtir, de s'étendre sur le lit, les mains rejetées au-dessus de la tête, les cuisses légèrement écartées. Elle avait l'air d'aimer ce rôle d'objet, obtempérait, les yeux mi-clos.

Parfois il lui demandait avec une sorte de rage impuissante : « Mais qu'est-ce que tu me trouves ? Je suis moche ! Dans dix ans je n'aurai plus de cheveux, je suis loin d'être un phénomène sexuel, alors ? » Elle se pelotonnait contre lui. Riait. « Tu es mon papa, voyons ! Tu sais bien que les filles qui se marient ne font que se chercher un substitut de père. Un géant à l'ombre duquel vieillir. Moi je le reconnais sans hypocrisie. C'est tout. »

Nicole était allongée dans la baignoire jouxtant sa chambre, la pointe dressée de ses seins crevant la surface de l'eau bleuie par un quelconque produit moussant. Une serviette éponge rose emprisonnait ses cheveux et la vapeur du bain piquetait son front d'une multitude de gouttelettes. Il fut aussitôt soulagé ! Elle ne savait rien.

— Tu exagères ! gronda-t-elle, si tu passes tes samedis au bureau maintenant ! Tu sais bien que nous dînons chez Mathilde !

Dîner chez Mathilde. La banalité lui soufflait au visage comme une brise rassurante. Il sentit son anxiété s'endormir, il émergeait d'un cauchemar. Il laissa s'assoupir le mal, telle une douleur qu'on se réjouit puérilement de voir diminuer sans l'ombre d'un traitement.

Le dîner se déroula dans une atmosphère cotonneuse, onirique. Georges n'avait qu'une idée : se retrouver seul pour pouvoir enfin réfléchir. Il avait en partie récupéré ses facultés et il pensait être mieux à même d'analyser la situation. Pendant le trajet du retour, Nicole laissa éclater son mécontentement.

— Tu aurais pu au moins ouvrir la bouche ou jouer la comédie. A des kilomètres à la ronde on voyait que tu t'ennuyais !

Elle se tassa sur son siège, boudeuse. S'ennuyer ! Pauvre Nicole, comme elle était loin du compte ! Sitôt arrivée, elle monta se coucher avec un petit bonsoir sec, il ne fit rien pour la retenir. Il devait jeter au plus tôt les grandes lignes d'un plan de campagne. Le problème crucial restait le passé de Jeanne, véritable trou noir qu'il n'avait jamais essayé de sonder, en partie par romantisme, mais aussi par crainte de ce qu'il aurait pu y découvrir. Il ne tenait nullement — à l'époque — à se torturer par des comparaisons permanentes : suis-je plus beau que son dernier amant ? Est-ce que je fais mieux l'amour ? Est-ce que... Non, il avait préféré l'opacité de l'inconnu, aujourd'hui cette erreur risquait de lui coûter cher. Alors ? Trouver un détective peut-être ? Le faire enquêter sur la vie d'une morte ensevelie depuis cinq ans ? Il se rendit compte qu'il ne possédait même plus une photo de Jeanne, il s'était acharné à tout détruire, à gommer le moindre souvenir. Un détective, oui... Peut-être. Pourtant il répugnait à cette solution ; dans les romans qu'on lui soumettait les détectives se révélaient souvent de redoutables maîtres chanteurs. La littérature noire regorgeait d'enquêteurs véreux, de « privés » peu scrupuleux prêts à tout pour se remplir les poches. Et puis il s'imaginait mal racontant son histoire : « J'ai reçu une lettre anonyme. Non, en fait, pas une lettre... Un roman anonyme. » On le prendrait pour un fou, un mythomane.

Il s'abattit dans un fauteuil, un verre à la main. Il n'aurait pas dû boire, il le savait, l'alcool ne faisait qu'embrouiller plus encore les choses.

Qui le guettait dans l'ombre, tapi derrière une machine à écrire vénéneuse ? Si seulement il avait été plus proche de Nicole, s'il avait pu lui expliquer la vérité. Mais non, c'était impossible, il serait forcé de se peindre sous les pauvres traits d'un type qui perd les pédales. D'un névrosé glissant sur la pente de la schizophrénie, d'une demi-épave perdue dans les labyrinthes de la folie. Non ! Ce temps-là était révolu, il avait remanié toute sa personnalité jusqu'à faire illusion sur ses proches, il ne pouvait laisser s'effondrer aujourd'hui tant d'années de lutte psychologique contre lui-même. Un début de migraine lui vrillait les tempes. Protéger Nicole, protéger son ménage, voilà quels devaient être les deux pôles de son action.

Mais les protéger contre QUI ?

Contre QUOI ?

Le manuscrit ne proférait aucune menace directe, tout au plus s'appliquait-on à y souligner sa culpabilité. C'était une sorte de compte rendu, de... rapport. On n'y relevait aucune allusion à une quelconque punition future, à une sentence prochaine. Encore une fois qui tirait les ficelles, et dans quel but ? Jeanne n'avait plus de famille, il avait pu s'en rendre compte au moment de la succession, il était donc difficile de porter une telle opération au compte d'un frère ou d'une sœur avide de vengeance ! Et puis pourquoi avoir attendu si longtemps ? Tout cela était incompréhensible. Si au moins on l'avait insulté, fait chanter, voué aux foudres du jugement dernier ! Au lieu de cela, rien. Rien qu'un coup d'œil en voyeur dans la boîte noire de son crâne. Un vol par effraction dans son coffre-fort mental.

Seul un fou pouvait s'amuser à de pareils jeux. Une mauvaise sueur glacée s'accumulait dans ses sourcils.

Un fou, oui. Un FOU.

Il n'avait pas pensé à ça.

A présent il était convaincu d'avoir mis le doigt sur le seul cas de figure possible.

Instinctivement il chercha la clef de son secrétaire. Il y conservait au fond d'un tiroir un vieux colt d'ordonnance ayant appartenu à son grand-père. L'arme se trouvait-elle encore en état de fonctionner ? Il faudrait s'en assurer et la garder désormais à portée de la main. Et comment sensibiliser Nicole au danger ?

Comment lui dire : « Un fou nous a pris dans son collimateur, un fou SANS VISAGE ! »

Il haussa les épaules. Il irait trouver un détective, dès le lendemain.

Il réclamerait une surveillance étroite, il ferait protéger Nicole à son insu. D'ailleurs il pouvait d'ores et déjà la mettre en garde de manière indirecte sans entrer dans les détails. Pris d'une subite inspiration il grimpa l'escalier, marcha vers la chambre de la jeune femme. Elle ne dormait pas, ses épaules nues émergeant du drap, elle feuilletait une revue américaine, ses grosses lunettes d'écaille en équilibre sur son minuscule bout de nez. Elle releva la tête.

— Tu ne te couches pas ?

— Excuse-moi pour le dîner, lança-t-il avec une crispation du visage, j'étais préoccupé.

— Des ennuis ?

Il haussa les épaules.

— Une histoire de fou. Une lettre de menace au bureau. Anonyme et assez violente. Un auteur éconduit probablement. Un psychopathe sans l'ombre d'un doute.

— Il ne faut pas t'en faire pour ça. Les lettres de fous ! Si je te montrais le nombre de lettres obscènes que j'ai reçues dans ma carrière !

79

Elle avait oublié sa bouderie de tout à l'heure, déjà elle cssayait de le rassurer. Il s'assit au bord du lit.

— Tout de même, murmura-t-il d'un ton sombre, je ne suis pas tranquille. Il ne faut pas prendre ces choses-là à la légère. Tu te souviens de Van Karkersh ? Mais si ! Le directeur de la grande galerie ! Il avait éconduit un peintre inconnu qui le sollicitait sans relâche, un infâme barbouilleur sans le moindre talent. Et puis il a commencé à recevoir des lettres anonymes, à retrouver sa vitrine souillée de menaces de mort à la bombe à peinture. Un soir, alors qu'il fermait boutique, quelqu'un s'est approché de lui et lui a jeté un flacon de vitriol au visage. Il en est resté aveugle...

Nicole grimaça, réprimant un frisson.

— Tais-toi, c'est affreux ! Je ne vais pas dormir de la nuit. Si les menaces sont patentes, va trouver la police. Montre-moi ce papier...

Pris de court, il bredouilla quelque chose d'incompréhensible, perdit pied.

— Je l'ai laissé au bureau. Pas question d'avertir la police, mais j'ai pensé qu'un détective...

— Tu es fou ! Ces histoires-là sont tout de suite colportées. On va te demander des sommes folles pour une affaire ridicule. Quel éditeur n'a pas été traité de pornocrate au moins une fois dans sa vie. Tu ne vas pas me dire que tu es effrayé, toi ! D'habitude si solide !

Il comprit qu'il avait commis une erreur impardonnable en laissant paraître ses inquiétudes. Déjà Nicole le détaillait d'un œil étonné. Il devait se reprendre, retrouver son masque de chef.

— Je te préviens ! lança-t-elle d'un ton faussement gouailleur, si tu fais surveiller la maison je divorce ! Je ne veux pas vivre dans un camp entouré de barbelés ! Si tu as peur, achetons un chien et n'en parlons plus.

— Tu as raison, je crois que je suis fatigué, cette histoire est ridicule.

Il se déshabilla, la rage au cœur. Il avait manœuvré

comme un imbécile. Maintenant Nicole serait en éveil, s'il la faisait protéger elle s'en apercevrait immédiatement. Elle le prendrait pour un pleutre, un de ces angoissés des cités-dortoirs qu'elle raillait, et qui dorment un chien de défense au pied du lit, un fusil de chasse sur le guéridon, des signaux d'alarme à chaque ouverture. Il n'était plus question de s'adresser à un détective, du moins pour obtenir un garde du corps. Il restait prisonnier de son personnage d'homme fort, de protecteur. Comment avait-il pu, ne serait-ce qu'une seconde, espérer gagner la jeune femme à ses vues ? Il ouvrit un tube, cueillit un comprimé soporifique au creux de sa paume, se ravisa. Mieux valait conserver toute sa conscience, ne sommeiller que d'un œil. Demain il vérifierait les serrures et les fermetures des volets à l'insu de Nicole.

Il la rejoignit. Il songea que pour lui prouver son insouciance et son robuste mépris du danger il aurait dû normalement lui faire l'amour. Il s'en sentait parfaitement incapable. « Un mauvais point pour toi, pensa-t-il, elle va en déduire que tu continues à remâcher tes craintes. »

Il s'était préparé à une insomnie tenace, il finit par sombrer dans un sommeil pesant, assommé par l'alcool qu'il avait ingurgité tout au long de la soirée.

6

Le lundi, contrairement à ce qu'il redoutait, aucune missive anonyme ne l'attendait au bureau, le lendemain non plus du reste, ni le jour suivant. Ses craintes s'apaisèrent. Le cauchemar refluait et il parvint même plusieurs fois à oublier totalement l'incident. Pourtant, dans la nuit du vendredi la peur s'abattit sur lui alors qu'il s'apprêtait à porter sa brosse à dents de plastique noir à sa bouche. Ce fut comme si un éclair venait de le foudroyer là, dans la salle de bains, cramponné au lavabo, et il demeura inerte pendant une interminable seconde, comme ces statues de lave exhumées des décombres d'anciennes catastrophes et qui figent en une terrifiante immobilité des êtres en plein mouvement : un homme qui court, un chat qui saute, un couple en train de faire l'amour. Sans même savoir pourquoi il eut soudain la certitude qu'un nouveau chapitre du roman anonyme venait d'être glissé dans la boîte à lettres des éditions. Il lui fallut mobiliser toute son énergie pour réussir à s'extirper de l'anéantissement. Il rejeta la brosse dans la conque de faïence, tituba. Enfant déjà, il lui était arrivé de se retrouver terrassé à deux ou trois reprises par de semblables prémonitions. Laurent l'avait chaque fois regardé avec un dégoût mêlé d'envie et avait fini par déclarer : « C'est le signe des fous ! Tous les gens qui devinent ce genre de trucs deviennent fous ! » Il frissonna, descendit l'escalier. Nicole dormait, assommée par un somnifère, il pouvait donc, sans paraître étrange, faire un saut au bureau. Il enfila ses chaussures comme dans un rêve, passa un imperméable. Il devenait dingue. Il suffisait d'un barrage de police, d'un contrôle de routine, pour qu'on le découvre en pyjama au volant de sa voiture, à minuit... Quelle explication donnerait-il ? Mais non, il ne pouvait plus se raisonner. Il quitta la maison comme un voleur et prit la route de Paris.

Lorsqu'une demi-heure plus tard il fit jouer la serrure de la lourde porte de fer forgé, son regard tomba immédiatement sur la grosse enveloppe brune jetée par la fente de cuivre et qui occupait le centre de la caisse vitrée servant à la réception du menu courrier. PERSONNEL-URGENT, et son nom. Il s'en saisit, demeura immobile au centre du hall désert seulement éclairé par les lueurs de l'avenue. Il ne pouvait se résoudre à déchirer l'un des coins de papier kraft, à plonger la main. Dans son pyjama, il se faisait l'effet d'un malade qui s'en va, avec sous le bras la grande enveloppe pleine de radiographies d'où va peut-être sortir tout à l'heure le diagnostic tant redouté, la condamnation sans appel. Machinalement il avait pris la direction de son bureau. A présent ses paumes moites cloquaient le sachet d'emballage. Il s'assit, alluma la lampe. Il avait la respiration courte, c'était comme si ses poumons avaient subitement rétréci, n'acceptant plus l'air en quantité suffisante pour le préserver de l'asphyxie. Finalement il saisit un coupe-papier, piqua le dos du paquet, qu'il fendit sur toute sa longueur. La feuille blanche apparut, avec, à mi-hauteur l'inscription *Chapitre deux*. Son cœur rata un battement. Il tourna précipitamment la première page du manuscrit.

RIEN.

Une feuille vierge, blanche. Immaculée. Une nouvelle fois son doigt courut vers le coin supérieur, happa le feuillet. Rien. Du blanc, toujours du blanc. Il continua avec l'impression de parcourir un bloc de papier à lettres inutilisé. Une plaisanterie, une mauvaise plaisanterie, rien d'autre. Déjà sa poitrine se dilatait, l'angoisse fuyait sa gorge. Il s'était attendu au pire, il tombait sur une blague de collégien. Il se sentit gagné par un rire nerveux. Alors qu'il allait jeter le manuscrit, ses yeux accrochèrent enfin une trentaine de lignes impeccablement dactylographiées :

« ... Nicole aimait l'amour, après un an de routine conjugale, lassée par les perpétuelles contre-performances sexuelles de son mari, la nostalgie d'anciens émois vint de plus en plus fréquemment la troubler. Quand elle se découvrit un beau matin, dans sa baignoire, une main entre les cuisses, occupée à se faire jouir comme la dernière des collégiennes, elle comprit qu'une telle situation ne pouvait durer plus longtemps. Curieusement, elle réalisa qu'elle n'avait jamais ressenti de véritable attirance physique pour Georges. Elle aimait sa maturité, son sérieux, l'aura de sécurité et de plénitude qui l'entourait. Mais son corps la laissait totalement indifférente, et malgré les années, elle devait toujours faire un véritable effort d'imagination pour réussir à se le représenter nu. De ses anciens amants, elle gardait mille souvenirs précis. La tache de naissance sur la cuisse de Juan, les trois grains de beauté en triangle sous le nombril de Marc, la minuscule cicatrice sous l'aisselle gauche de Pierre. Pourtant elle ne s'était parfois couchée sur la chair de ces hommes que l'espace d'une nuit, mais elle gardait leurs traces sur ses doigts, sur sa langue. Elle retrouvait avec une parfaite netteté la rugosité d'une peau, la saillie musculeuse d'un tendon, et elle était toujours capable d'étiqueter ces souvenirs, de leur accoler un nom, une date... De Georges qui avait écrasé son ventre bien des fois, elle ne gardait rien. Elle n'aurait su dresser la carte de son corps, peindre la géographie de sa poitrine. Il restait anonyme. Elle ne ressentait devant lui aucun désir d'exploration, elle ne partirait jamais à sa découverte, comme elle l'avait fait pour d'autres par le passé. Elle ne ramperait pas sur lui comme sur un territoire vivant, bouche ouverte, langue tendue, goûtant la sueur acide d'une aisselle, d'un repli, écoutant rouler sous sa joue les stries d'un biceps, contemplant le cratère granuleux d'un mamelon qu'un coup d'ongle suffit à ériger en bouton de chair dure. Non, Georges n'était rien qu'un mannequin sans individualité, une poupée de caoutchouc standard tirée à des milliers d'exemplaires. Il n'aurait pas d'histoire, elle ne parcourerait jamais ses rides comme les plissements hercyniens d'une terre en perpétuel mouvement, elle ne jetterait jamais ses ongles peints en avant, pour ouvrir des chemins dans l'herbe brune de son pubis. Elle...

« C'est dans cet état d'esprit qu'elle rencontra Laurent sur le boulevard Saint-Germain, alors qu'elle faisait du lèche-vitrine pour tromper son ennui. Le reste est sans importance. Ils prirent l'habitude de se retrouver chaque jeudi à trois heures dans un hôtel de la porte Verneuve, *12, rue Saint-Amar*. Un établissement vieillot aux armoires lourdes et cirées, aux lits paysans hauts sur pattes, encoffrés comme des barques échouées. Là, ils s'affrontaient deux heures durant, poitrine contre poitrine, mouillant de leur sueur les draps rêches d'amidon, dans l'odeur de poussière et de souvenir de tapis aux dessins indiscernables... »

(à suivre)

Ce fut comme un trou noir, un tunnel, avec au bout la timide tache jaune de la lampe posée à l'angle du sous-main de cuir vert. Georges émergea du choc la tête vide, de curieux fourmillements au bout des doigts. C'était impossible. IMPOSSIBLE. Et pourtant il savait déjà que le manuscrit ne pouvait pas mentir. Mais comment imaginer tant de duplicité ? Comment se pouvait-il qu'il n'ait, lui Georges, jamais rien remarqué, rien soupçonné ? Il avait soudain très froid, une sueur glacée collait l'étoffe des vêtements sur sa peau. Mécaniquement son regard courait sur les petits caractères charbonneux, relisait les mots, s'attardait sur une expression cruelle, douloureuse. On avait cherché à faire mal avec une science consommée, visant les points faibles, fouillant dans la chair avec une adresse de vivisecteur. Mais peut-être n'était-ce là que le contenu très réel des réflexions de Nicole ? Le premier chapitre n'avait-il pas étalé au grand jour des choses jusqu'alors demeurées secrè-tes ? C'était comme si l'œil d'un dieu omniscient les surplombait, capable de plonger en eux-mêmes pour leur arracher leurs pensées les plus profondes, et ils restaient offerts, impuissants, TRANSPARENTS, expo-sés sans recours devant CELUI QUI SAVAIT TOUT. Qui ? Quel juge suprême sondait ainsi leurs consciences pour en extirper jour après jour de nouveaux lam-beaux de honte ? Enfant, il avait toujours été terrifié par ces histoires d'espionnage où, des appartements, à première vue anodins, recèlent dans leurs murs des réseaux serrés de microphones capables d'enregistrer le plus infime chuchotement, où des glaces sans tain permettent d'épier les gestes intimes des locataires, où des caméras dissimulées au hasard des moulures captent les manies secrètes ou honteuses qui s'épa-nouissent à volets fermés.

Vivre dans une maison de verre, cette expression l'avait toujours empli d'un vague d'effroi (presque autant que celle qui parle *d'un squelette dans un pla-card*). A présent il avait la très nette sensation d'être lui-même de cristal, on pouvait lire en lui comme dans un annuaire téléphonique, et Nicole se trouvait aujourd'hui atteinte du même mal. On avait lu dans sa tête comme on lit un journal par-dessus une épaule, dans le métro. Victime de l'étrange contagion, elle devenait offerte à tout venant...

Il déraillait. Il dut faire un effort sur lui-même pour retrouver le cours logique de sa pensée.

Soudain, alors qu'il portait la main à son front, il aperçut le canon du revolver braqué dans sa direc-tion. Il eut un sursaut qui le rejeta en arrière. Un homme occupait le centre du bureau, et les yeux de Georges, éblouis par la réflexion de la lumière sur les pages blanches du manuscrit, mirent plusieurs fractions de seconde pour discerner les contours d'un uniforme bleu marine, d'une casquette. Un vigile. Le plafonnier fut brusquement allumé et un autre gardien entra dans la pièce, pistolet au poing. Par bonheur Georges connaissait le dernier arrivant, et le quiproquo fut aussitôt dissipé.

— Faut pas nous en vouloir, M'sieur, conclut celui qui semblait être le chef, mais vous avez mal refermé la porte en bas, et nous, dame ! On peut pas savoir !

Georges crut bon de s'excuser, prétexta un travail urgent, mais pendant tout le temps que dura l'entretien, il sentit peser sur lui le regard incrédule des deux rondiers. Ce ne fut que lorsque ceux-ci eurent tourné les talons qu'il se rendit compte *qu'il était toujours en pyjama, pieds nus dans ses souliers de ville !* Les autres avaient dû le prendre pour un fou !

Il ne pouvait pas rester là toute la nuit. Il relut une dernière fois le paragraphe meurtrier avant de l'enfermer en compagnie du premier envoi.

12, rue Saint-Amar. L'adresse dansait dans sa tête tandis qu'il reprenait le volant. Nicole, Laurent.

« Ce gosse est jaloux », la phrase de son père lui revenait en mémoire. Oui, Laurent l'avait toujours envié, et il avait eu envie de Nicole selon un processus normal, inéluctable. Peut-être même se serait-il attaqué à Jeanne si le temps lui en avait laissé le loisir ? L'ami d'enfance du mari, les virées au restaurant tous les quinze jours. Tous les éléments d'un scénario tristement classique étaient au rendez-vous : Laurent qui courtise Nicole sous les yeux de Georges, entre le dessert et le café, comme ça, par jeu, pour flatter la jeune femme, pour « rigoler » ! On s'amuse de l'agacement visible du mari : *Ecoute ! si on ne peut plus plaisanter !*

La route filait sous la voiture, mais Georges ne voyait rien. Rien que le puzzle de son infortune, de son aveuglement. Tant d'indices qu'il aurait dû savoir lire, interpréter. Un premier de l'an, Laurent et Nicole qui dansent, très serrés, mais on a un peu bu n'est-ce pas ? On ne sait plus très bien ce qu'on fait. Et le baiser un peu trop près des lèvres au moment du départ. Le pincement à l'estomac : *Tu embrasses tes invités sur la bouche maintenant ? — Tu es fou ! qu'est-ce que tu racontes ? !...*

Il s'était toujours gardé de jouer au jaloux, parce que ce rôle lui semblait ridicule... et dangereux. A voir partout le mal on finit par l'y faire naître. Nicole était belle, si lui-même avait été une femme, n'aurait-il pas aimé être courtisée, par jeu, par flatterie ? Ils l'avaient dupé tous les deux, profitant de ses absences, jouissant de ce qu'ils croyaient être la plus parfaite impunité, mais L'ŒIL ÉTAIT LÀ ! Celui qui savait tout avait découvert leur retraite. Et maintenant ? *A suivre* disait le manuscrit. Que lui réservait-on encore ?

Il freina devant le portail, ET SI TOUT SE RÉVÉLAIT FAUX ? Si cette prétendue infidélité n'était en fait qu'une torture raffinée, telles ces pages blanches qu'il lui avait fallu tourner interminablement avant de toucher du doigt la révélation ? ON savait parfaitement qu'il ne soufflerait pas mot à Nicole de l'accusation qui pesait sur elle et sur Laurent avant d'avoir pu vérifier de ses yeux l'exactitude de la dénonciation. ON savait qu'il allait vivre six jours d'angoisse jusqu'au prochain jeudi, six nuits de cauchemar à se débattre au milieu des draps, les yeux grands ouverts, repassant inlassablement dans sa mémoire le film des deux dernières années. N'était-ce pas là le but recherché ? Six jours d'inquiétude, de déchirement, pour découvrir tout au bout de la route un mensonge, une invention malfaisante ? Oui, ne fallait-il pas voir dans tout cela qu'une mystification cruelle visant à le pousser à maudire son entourage, à se retourner contre des êtres chers finalement au-dessus de tout soupçon, à leur faire injustement du mal ? Et si Nicole était innocente ? Ne cherchait-on pas à briser son ménage par des insinuations mensongères, fabriquées de toutes pièces ? Il posa son front sur le volant. Il lui semblait que son cerveau prenait feu. *La torture par le doute*. Qui s'amusait de sa souffrance ? Quel fou prenait donc autant de plaisir à le supplicier de la sorte ? Nicole et Laurent innocents, et pourquoi pas après tout ? Peut-être avait-on espéré un éclat prématuré de sa part, une demande d'explication, des accusations qui auraient provoqué une épouvantable scène de ménage, auraient fissuré leurs liens de façon irrémédiable, brisé à jamais son amitié avec Laurent ? On avait escompté le jeter tête basse dans le piège, faire de lui une bête écumante, giflant sa femme, boxant son meilleur ami sur la base de ragots sans fondement. Dieu merci ! Il avait su prendre du recul ! Eviter la gaffe irréparable !

Il respira à fond. Il attendrait le jeudi suivant, d'accord, mais il était déjà pratiquement sûr de revenir bredouille de la rue Saint-Amar. En fait le piège était grossier quoique classique : une première révélation tonitruante et parfaitement exacte, suivie d'une seconde information tout à fait fausse, elle. *Si l'on a cru à la première, pourquoi se défierait-on de la seconde ?*

Il se débarrassa de l'imperméable, traversa le salon et grimpa l'escalier. Il fallait qu'il dorme. Demain ses idées auraient retrouvé leur place logique, et il lui faudrait sérieusement penser à cette histoire de détective, sans en parler à Nicole toutefois. Allons donc ! A quoi bon jouer les héros ? Il savait parfaitement qu'il n'aurait jamais le courage d'entrer dans le bureau d'un enquêteur privé pour lui raconter son histoire ! On le prendrait pour un fou, on l'éconduirait avec politesse mais fermeté, tout cela était si incroyable ! Si...

Non, il resterait seul, seul à se débattre dans l'ombre. Seul dans les mailles du filet. Comme un aveugle perdu dans un labyrinthe et qui avance à tâtons vers la mort... La mort ?

7

Le week-end fut un enfer, le spectacle de Nicole minaudant, traversant la maison à demi nue, allumait en lui des idées de meurtre. Les gestes, les expressions qu'il avait jadis aimés lui apparaissaient aujourd'hui mièvres ou vulgaires. Derrière chaque parole il ne voyait plus que mensonge, volonté de duperie. A vingt ans, alors qu'il était en faculté, il avait déjà connu avec une jeune fille du nom de Nadine les tourments de la jalousie. Il avait ressenti cette brûlure permanente, cette incroyable humiliation du pauvre type qui découvre enfin la mystification dont il a été l'objet, qui apprend du jour au lendemain qu'il n'est plus RIEN, rien qu'un fardeau grotesque qui se plaint, qui OSE gémir alors que son devoir est de s'effacer sans bruit, de basculer poliment dans le néant, sa valise de linge sale sous le bras. *Apprendre qu'on n'est plus rien*, oui, il en avait fait l'horrible apprentissage, il en était ressorti brisé pour de longues années.

Une scène qui, avec le temps, avait pris valeur de symbole, restait gravée dans sa mémoire. Il avait accompagné Nadine une dernière fois dans sa chambre de la cité universitaire afin de récupérer les quelques affaires personnelles qui pouvaient encore traîner là, vestiges dérisoires de deux ans d'étreintes, d'habitudes et de complicité amoureuse. C'était un de ces moments de silence qui vous font une boule douloureuse dans la gorge, une de ces demi-heures définitives où chaque seconde pèse une tonne. Ils avançaient côte à côte, et Georges, véritable buvard humain, cherchait désespérément à s'imprégner de la singularité de ces minutes moribondes. Il remarquait soudain mille choses pour la première fois : le coin cassé d'une marche de ciment, la couleur d'un paillasson, un graffiti sur un mur. Mille détails qu'il avait côtoyés durant deux ans sans les voir, et qui, aujourd'hui, se chargeaient d'une puissance incroyable, tels les hiéroglyphes d'une quelconque formule sacramentelle, les différentes étapes d'un trajet initiatique. C'était comme s'il vivait une prodigieuse minute historique, il sentait comme il ne lui avait jamais été donné de sentir, il percevait la fuite du temps comme jamais il ne l'avait encore perçue.

Une fois dans la chambre il avait dû lutter contre les larmes qui lui brûlaient les paupières, et c'est dans un brouillard cotonneux qu'il avait hâtivement jeté quelques livres dans un sac en papier. Il savait que Nadine, en sortant d'ici, irait retrouver son nouvel amant. Peut-être même l'homme attendait-il déjà en bas à la terrasse d'un café, jouant nerveusement avec une pièce de monnaie, les yeux fixés sur la fenêtre ?

Et subitement, alors qu'il fouillait machinalement sur les rayonnages chargés de dossiers et de polycopiés, Georges l'avait VUE ! Oui, Georges avait vu Nadine faire passer son pull par-dessus sa tête, dégrafer sa jupe, son soutien-gorge, glisser les pouces de chaque côté de ses hanches pour faire tomber son slip à terre. ELLE AGISSAIT COMME SI ELLE AVAIT ÉTÉ SEULE. « Mais... Qu'est-ce que tu fais ? » avait-il réussi à balbutier, rendu pratiquement fou par la proximité de ce corps tant désiré et maintenant inaccessible. « Qu'est-ce que tu fais ? »

Alors elle avait relevé la tête, les yeux pleins d'étonnement, d'incompréhension, et lâché d'une voix stupéfaite : *Mais tu vois bien, je me change. Pourquoi ?* ELLE SE CHANGEAIT, un acte banal parmi tant d'autres. Pas une seconde elle n'avait songé à la réaction de son compagnon, pas une seconde elle ne s'était dit qu'il allait souffrir de cet horrible supplice de Tantale, qu'il allait emporter cette dernière image comme une malédiction, un symbole d'ostracisme. Non ! car déjà pour elle IL N'EXISTAIT PLUS, il n'était plus un homme, il n'avait plus de sentiments, de désirs, il n'était qu'un fantôme, l'ombre à peine palpable d'un RIEN. Comme ces domestiques devant lesquels on se promène nu parce qu'ils ne sont pas tout à fait de la même race que vous.

Oui, ce jour-là il avait parfaitement pris conscience de sa non-existence, de sa régression au stade d'ecto-plasme. Aujourd'hui avec Nicole, il retrouvait ce sentiment détesté : la négation de son individualité, de sa capacité de souffrir.

Pour combattre son angoisse il s'imposa quatre heures de marche forcée à travers la campagne, il aurait aimé ramper dans la boue avec un sac de cinquante kilos sur le dos, nager dans l'eau sale d'un canal sur plusieurs kilomètres, un poids de fonte à chaque cheville. Il aurait voulu torturer son corps pour vider son esprit. Lorsqu'il regagna la maison, couvert de poussière et d'éraflures, il découvrit Nicole allongée devant la cheminée. Le peignoir d'éponge qui constituait de plus en plus fréquemment son uniforme de week-end s'arrêtait en haut de ses cuisses, fuseaux de chair rose striés par l'ombre des muscles avec le creux humide et chaud des genoux, à la moiteur si intime. Il aimait passionnément ces replis du corps, si fragiles, et qui semblent pourtant inexorablement appeler la lame ou l'aiguille, telle la saignée du coude avec ses fins réseaux bleuâtres si agréables à fouiller du bout de l'ongle... Il se secoua. A présent l'angoisse se muait en folie.

Il s'assit, l'œil fixé sur la jeune femme que la lueur du foyer nimbait d'une buée d'or. Il la sentait charnelle, adorable pièce de viande qu'un coup de talon aurait suffi à projeter dans les flammes. *Alors sa chevelure se consumerait l'espace d'une explosion pétillante, ses seins se caraméliseraient...*

Il songea soudain que la presse ne nous montre jamais, dans les photographies des grandes catastrophes, que des dépouilles carbonisées, charbonneuses. Des momies de goudron réduites à la taille d'un enfant, mais jamais de corps cuits à point comme peut l'être celui d'un cochon de lait délicieusement saisi par la chaleur d'un feu de bois.

Devant lui, Nicole tournait les pages de son livre, un gros volume à reliure de cuir incrustée d'or : *Harkaenyos de Carthage, prince des occultistes*... Comment pouvait-elle s'intéresser encore à de telles balivernes ? Elle surprit son regard, sourit.

— Tu sais que ce type est toujours vivant ? lança-t-elle avec passion, sa vie est un vrai roman. Tu devrais t'y intéresser, je t'assure. Il y a matière à un vrai succès commercial.

Harkaenyos de Carthage ! Il eut soudain envie de la gifler, de la frapper à coups de tisonnier brûlant. Mais non ! Elle était en sursis, jusqu'à jeudi, *après*... Après ? Il n'avait encore arrêté aucune stratégie. Il ne voulait pas faire le jeu du FOU, il serait toujours temps, par la suite, de décider des sanctions. Jusque-là il faisait le pari de ne pas croire à son infortune. Il attendrait, luttant contre les effets du poison insidieux qui commençait déjà à se répandre dans son organisme.

Il attendrait...

8

Il aborda aux rives du mercredi usé par les nuits blanches, le menton mal rasé et la bouche parcourue de rictus douloureux. Incapable de se plier à la routine du bureau, il s'absenta, prétextant un déjeuner avec un auteur, et passa le reste de l'après-midi à errer le long des quais de la Seine, se cognant aux badauds sans les voir. Il était dans un tel état de nerfs qu'il préféra ne pas rentrer chez lui. Son comportement anormal aurait pu donner l'éveil et faire échouer le piège du lendemain. Il téléphona à Nicole qu'il resterait absent quarante-huit heures (« ... Un contrat imprévu à négocier à Cannes ») et passa la nuit dans un petit hôtel de la porte Verneuve. Il agissait dans une sorte de brouillard mental qui le déconnectait de la réalité, ses mains, ses pieds, lui paraissaient terriblement lointains, démesurés, comme dans certains cas de schizophrénie, et lorsqu'il parlait sa voix lui semblait parvenir de l'autre côté d'une montagne. De même, autour de lui, les gens avaient cet air irréel des peintures en trompe-l'œil. On eût dit qu'ils n'existaient pas vraiment. La ville prenait l'allure d'un décor en deux dimensions, une toile malhabilement brossée pour quelque troupe théâtrale miteuse. Tout était plat, l'univers entier se réduisait à une juxtaposition de surfaces colorées. Par instants, la lumière devenait intense et Georges voyait les objets grandir démesurément. Il se précipita dans sa chambre, s'enferma à double tour et avala plusieurs comprimés jaune citron. Au bout d'un moment les phénomènes s'estompèrent mais il demeura couvert d'une sueur glacée. Il finit par s'endormir.

Ce fut la femme de chambre qui le réveilla sans ménagement le lendemain matin. Dans un français laborieux elle lui fit comprendre qu'elle devait faire le lit et que « le Monsieur, il fallait qu'il se lève ». Il s'arracha à sa couche, découvrit qu'il avait dormi tout habillé, et se traîna vers le lavabo pour s'asperger le visage. Il se sentait mieux, les tranquillisants le laissaient plein d'une euphorie douteuse et fragile. Il ne voulait pas penser. Il s'habilla et sortit repérer les lieux.

Il n'eut pas de mal à localiser la rue Saint-Amar, endroit calme et vieillot semé de petites boutiques et d'antiquaires. Un chat blanc se prélassait au seuil d'un magasin offrant au regard les tronçons ternis d'armures dépareillées. Un peu plus loin, un peloton d'animaux empaillés le fusillèrent de leurs yeux morts. Ses talons claquaient sur le sol. Il atteignit l'hôtel avec un serrement de cœur, et découvrit un établissement discret flanqué d'une grosse lanterne de fer forgé probablement d'origine. Tout cela respirait la paix, le confort des meubles de prix, la poussière coûteuse des bibelots anciens. Il chercha un café, un restaurant où il pourrait prendre l'affût. Il trouva ce qu'il désirait une centaine de mètres plus haut et revint sur ses pas. Deux rues en aval, un cinéma donnait une séance à midi, il décida d'y assister, les prochaines heures allaient probablement être les plus longues de sa vie. Il paya. S'assit près de la sortie. Ses yeux fixaient l'écran sans le voir. Il se leva trois fois au cours du film pour s'isoler dans les toilettes, torturé par une irrépressible envie d'uriner. Il suffoquait et un sifflement strident lui emplissait les oreilles. Il s'appliqua à discipliner sa respiration, il lui fallait à tout prix se dominer s'il ne voulait pas qu'une crise d'angoisse le terrasse sur son fauteuil, provoquant un scandale. Il se voyait déjà transporté à l'hôpital, ratant le rendez-vous fatidique de trois heures, *et du même coup obligé d'attendre une semaine de plus !*

A deux heures et demie il quitta la salle pour gagner le café. Il s'installa près de la fenêtre, là où il pouvait prendre la rue en enfilade d'un simple coup d'œil. Les rideaux de dentelle le dissimulaient efficacement aux regards, il n'aurait donc pas à redouter d'être aperçu. Il commanda un repas copieux et s'appliqua à avaler chaque bouchée le plus lentement possible, les pupilles fixées sur le ruban gris de la rue. Le chat se prélassait toujours au seuil de la boutique, seul témoin du traquenard. Un instant Georges se l'imagina trottinant jusqu'aux chevilles de Nicole pour lui murmurer entre deux miaulements : « N'allez pas plus loin, c'est un piège, vous pouvez me croire, les chats blancs disent toujours la vérité. »

A trois heures moins le quart la rue restait vide. A trois heures moins cinq, Georges sentit la sueur dégouliner sur son front. A trois heures il faillit se lever pour s'enfuir. A trois heures cinq il commença à s'apaiser. Le manuscrit avait menti, on avait voulu le faire souffrir, rien de plus.

A trois heures dix, Nicole et Laurent débouchèrent d'une rue perpendiculaire et s'engouffrèrent dans l'hôtel avant que Georges ait eu le temps d'esquisser un geste. La scène avait été si brève qu'elle en devenait irréelle. Il avait pensé qu'ils remonteraient la ruelle, comme lui-même l'avait fait, qu'il aurait le temps de les voir venir, de les détailler. Il avait imaginé mille gestes de complicité : deux mains qui s'étreignent, Nicole pouffant de rire dans le cou de Laurent, deux bouches qui s'attrapent au vol. Bref, mille enluminures masochistes qu'il avait tournées et retournées dans son cerveau au long de ses insomnies, et il se découvrait frustré, frustré de sa douleur, de sa souillure, spolié de son humiliation.

La sauce figeait dans son assiette. On commençait

à le regarder. Il n'en avait cure. Mais déjà d'autres sentiments affluaient, noyaient son esprit. Que devait-il faire ? Se lever, courir jusqu'à l'hôtel, exiger du concierge le numéro de la chambre, bondir dans la pièce désignée, enfoncer la porte à coups de talon, et après... ? *Découvrir Nicole écartelée, cuisses ouvertes, tressautant sous le va-et-vient de Laurent ?* Non ! Pas ça ! Cette simple idée faisait déjà naître en lui des relents de syncope, il n'aurait jamais réussi à supporter la réalité dc la scène. Il serra les poings, chassant les images qui se pressaient sous ses paupières : *les bouches humides, ventouses de chair, les peaux en sueur qui claquent, les...* Non, il ne pouvait pas monter, hurler, frapper, jeter leurs vêtements par la fenêtre. D'ailleurs jamais le concierge ne lui donnerait le numéro, on l'expulserait, on appellerait la police. Il ne pourrait plus que crier : « Ma femme est là ! Ma femme me trompe avec mon meilleur ami ! » Il voyait déjà le clin d'œil rigolard des flics et des badauds. Avec un peu de malchance, un journaliste viendrait à passer, qui le reconnaîtrait, l'histoire se répandrait aussitôt comme une traînée de poudre : « Mais si, vous savez, l'éditeur ! *Cocu, mon cher ! COCU !* »

Il laissa tomber sa fourchette. Un garçon se précipita. « Ça va, Monsieur ? Vous voulez quc j'appelle un médecin ? » Quelqu'un au bar chuchota un ton trop haut : « Encore un que l'hôtel rend malade ! Faudra bientôt prévoir un poste de premiers secours ! »

Georges rougit, balbutia une excuse, réclama l'addition. Il ne pouvait pas rester là, tandis que là-haut. LÀ-HAUT ! Non, ne pas penser, ne pas imaginer. Ne pas retomber dans les vieux supplices qu'il s'était lui-même infligés à l'époque de Nadine. Pas de cinéma mon vieux ! Surtout pas de cinéma ! Une rage froide plombait ses veines, son impuissance le terrorisait, l'anéantissait. Si seulement il avait été de ceux qui frappent, de ceux qui tuent. De victime, il aurait pu se hisser au grade de bourreau, ravager les meubles et les corps à coups de hache, mû par une saine folie, par une rage purificatrice. D'imbécile, de mouton bafoué il serait passé au stade de monstre. Tout en lui appelait à présent le sang et la vengeance. Il n'avait pas voulu croire, il n'avait pas voulu se préparer, il était puni, justement puni. Mais d'autres aussi devaient l'être à présent, d'autres aussi devaient payer, le plus rapidement possible. *Dès qu'il en aurait les MOYENS !*

Il paya, sortit. Au moment où il passait devant une vitrine il s'aperçut dans la glace d'une table de toilette ancienne. Il était blême à faire peur. Il pressa le pas. Le chat s'enfuit à son approche.

Il erra dans Paris. Il était trop lâche pour faire un esclandre, peut-être même trop lâche pour susciter une explication. D'ailleurs, il n'aurait pas le dessus. Il s'imaginait déjà, rouge et bafouillant de colère face à un Laurent ricaneur, à une Nicole ennuyée : « Mon pauvre vieux, tu ne vas pas en faire un drame. Sois moderne que diable ! Tous les couples marchent comme ça maintenant ! Tu ne vas pas prétendre que tu n'as toi-même jamais fait d'écart ! Et si cela est, tu n'es qu'un imbécile ! Nicole ne te fera jamais une scène parce que tu tires un coup avec une belle intérimaire ! »

Oui, il avait peur de leur mépris (« démodé ! Vieux garçon ! »), il savait qu'il ne pourrait pas les faire trembler sous sa colère, il n'était pas de ceux dont on redoute les coups de sang, il ne s'attirerait que moquerie (« Relis *Emmanuelle* ou *Histoire d'O !* »). Il n'avait jamais trompé une femme et, bizarrement, il en ressentait aujourd'hui une sorte de honte, tel un garçon qui, à douze ans, ose avouer à ses camarades qu'il n'a jamais fumé la moindre cigarette. Il était de ceux qui croient encore à la fidélité de la chair. Il était ridicule, et on ne manquerait pas de le lui faire sentir. Il connaissait des couples qui, le soir, la tête sur l'oreiller se racontaient en riant leurs coucheries mutuelles, et parvenaient même à en tirer une sorte de second souffle sexuel. Il n'était pas de ceux-là, et

IL AVAIT TORT ! S'il avait été à la page, il aurait dû très normalement se sentir excité par la petite aventure de Nicole, la taquiner (« Alors, qu'est-ce qu'il te fait ? Raconte ! Et toi, j'espère que tu me fais honneur au moins ! »), et ils auraient ri de ce petit écart sans importance pour leurs liens affectifs, *les seuls vrais possibles, n'est-ce pas ?* Oui, mais il n'était pas COMME ÇA ! Il voulait la vengeance sans être capable de passer aux actes, il voulait punir sans avoir la force de lever le bras pour frapper.

Il regagna l'hôtel et se jeta sur son lit. Il aurait désiré boire pour oublier mais il n'avait jamais réussi à s'ivrogner sans être terriblement malade. Il pensa qu'il serait raisonnable de prolonger son absence jusqu'à ce qu'il ait suffisamment repris le contrôle de lui-même. Il passerait la journée de samedi dans les locaux des éditions pour rattraper le travail en retard et ne retournerait à la villa que dans la soirée.

La nuit enveloppait Paris. La porte Verneuve allumait ses néons. En bas, des femmes arpentaient les trottoirs mouillés.

Par association d'idées il retrouva le souvenir de Nadine. Lorsqu'elle lui avait avoué qu'elle couchait avec un autre homme, Georges s'était trouvé à ce point humilié qu'il lui avait soudain paru impossible de vivre plus longtemps s'il ne réussissait pas à rééquilibrer leurs rapports. Pour la première fois de son existence, il s'était précipité chez une prostituée. « Comme ça on sera quitte », ne cessait-il de se répéter en suivant la fille le long d'un couloir triste. Mais une fois dans la chambre, il avait été incapable d'avoir une érection. Son impuissance morale se doublait désormais d'une impuissance physique. Aujourd'hui il appréhendait le retour du même processus. S'il ne pouvait punir, il se détruirait plus sûrement encore que par le passé. Il lui avait fallu cinq ans pour surmonter les séquelles de sa rupture avec Nadine, il ne voulait plus connaître pareil chemin de croix.

9

Il passa la journée du vendredi dans un brouillard comateux alimenté par l'ingestion répétée de pastilles tranquillisantes. Le lendemain il débarqua au siège des éditions sans cravate et pas rasé. Au moment où il refermait la porte, il reçut une véritable décharge électrique. Dans la boîte vitrée du courrier, il venait d'apercevoir l'enveloppe cauchemardesque surmontée du timbre PERSONNEL-URGENT, sans mention d'adresse. Il faillit se mettre à courir dans la rue, abandonnant là son trousseau de clefs et son attaché-case, puis il réussit à dominer sa peur et partit s'enfermer dans les toilettes du rez-de-chaussée pour vomir ; son sinistre pli sous le bras.

Le cérémonial était toujours le même : un impressionnant paquet de feuilles blanches, mille ou mille cinq cents pages, qu'il fallait parcourir d'un doigt tremblant pour réussir à isoler un seul paragraphe, une vingtaine de lignes tapées en caractères minuscules. Enfin il trouva :

Chapitre 3

« ... Le mauvais génie habitait au 24 du passage Sainte-Hermine. Le mauvais génie ne vivait pas comme ses ancêtres, coincé dans une bouteille ou recroquevillé au fond d'une méchante lampe à huile, non, le mauvais génie logeait au quatrième étage derrière une porte hâtivement badigeonnée de vert, et nantie d'une serrure comme on peut en acheter dans n'importe quel Prisunic. D'ailleurs le verrou n'était jamais tiré, nulle formule magique ne défendait le seuil du repaire, nul piège ne guettait le visiteur ou le curieux. On pouvait toucher la poignée de cuivre, la prendre à pleine paume sans se retrouver immédiatement changé en statue de sel. On pouvait enfoncer le bouton de la sonnette sans provoquer les hurlements des damnés massés derrière la porte. Le paillasson se révélait à l'examen de texture banale, il ne provenait pas de l'épiderme de quelque monstre à la pilosité particulièrement rêche. On posait le pied dessus sans ressentir aucune brûlure et, visiblement, il ne s'agissait pas de la première marche de l'enfer. Somme toute, le mauvais génie hantait un territoire d'une grande banalité, mais les esprits modernes ne sont-ils pas contraints de nos jours à s'adapter au monde quotidien qui les entoure sous peine de perdre irrémédiablement toute crédibilité ? Voilà ce que pensait Georges en pénétrant dans le labyrinthe des puissances obscures. Toute animosité envers celui qui SAVAIT TOUT l'avait fui. Les trajets initiatiques sont toujours des trajets de douleur. Il avait parcouru son itinéraire de souffrance, il avait perdu son innocence, son aveuglement, il marchait en paix comme ceux qui vont bientôt trouver le remède à leurs maux, car la force qui dormait en ces murs ne lui voulait aucun mal, il avait fini par le comprendre. On ne l'avait giflé que pour le sortir enfin d'un sommeil malsain, pour lui faire retrouver sa dignité d'homme, et maintenant il venait appeler en ces lieux la colère sur les méchants car il savait désormais OÙ SE TROUVAIENT SES VÉRITABLES ENNEMIS ! Il n'avait qu'à commander pour être obéi, qu'à tendre le bras pour jeter la foudre car le génie était là. À SON SERVICE. Georges poussa la porte verte, à partir de cette seconde il devenait l'égal d'un dieu, il pouvait modeler l'avenir entre ses doigts comme n'importe quelle glaise, IL POUVAIT ÉCRIRE LE

FUTUR. Le battant se referma dans son dos. Il faisait noir dans la pièce, c'était comme s'il venait d'ouvrir la porte du ciel pour plonger dans l'infini du cosmos, dans les ténèbres de l'univers. Au milieu, sur une petite table de bois blanc, il trouva LES INSTRUMENTS DE SA VENGEANCE. Alors il leva la main droite et punit les méchants, car la suite ne pouvait plus être écrite que par lui... »

FIN

Georges ne voyait plus que le mot FIN au bas de la page. Ainsi il n'y aurait plus de nouveau chapitre, le calvaire s'achevait ! Tout de suite après, son soulagement fut battu en brèche par l'incompréhension. Cette fois le message ne menaçait pas, bizarrement il s'en dégageait une sorte de complicité obscure et rassurante. C'était comme une promesse d'amitié rédigée en style biblique. Il avait l'impression de parcourir l'un de ces prospectus mystiques dont vous abreuvent certaines sectes. Les sourcils froncés, il quitta son réduit. Il avait la gorge sèche.

Au bar de la salle des conférences de presse il entama une bouteille de vodka. L'alcool explosa en lui comme une fièvre brutale. Tirant un crayon feutre de sa poche, il entreprit de souligner toutes les phrases qui — à première vue — pouvaient être interprétées de manière positive. Il y en avait beaucoup. Il se surprit à rire. Il avait la sensation d'éplucher une offre de service. Oui, c'était exactement cela, UNE OFFRE DE SERVICE. Toutefois l'auteur anonyme restait particulièrement vague quant à la nature des prestations proposées.

Il but, rit, s'étouffa. L'ivresse le submergeait déjà. Il se mit à arpenter la salle en déclamant les dernières lignes du manuscrit, on eût dit un prêcheur haranguant ses fidèles. *Alors il leva la main droite et punit les méchants !*

Il s'étrangla. Un brasier incendiait ses pommettes,

des larmes emplissaient ses yeux. Il n'avait plus du tout peur, plus du tout, et le chat blanc ne perdait rien pour attendre, il regretterait d'être resté là, semaine après semaine, le cul à l'entrée de sa foutue boutique sans jamais rien dire. Cela avait un nom : « Non-dénonciation de malfaiteurs. » Il s'était tu, il était complice ! On lui couperait la queue et il deviendrait la risée des rats du quartier...

24 passage Sainte-Hermine, quatrième étage, porte verte, la phrase s'imprimait en lettres fluorescentes sous ses paupières. Pourquoi ne ferait-il pas un saut ? Non il n'était pas ivre ! Juste un peu gai... Il allait voir le génie, il allait s'amuser. Chacun son tour ! Peut-être même aurait-il la chance d'apercevoir le chat blanc en train de traverser la rue et de pouvoir l'écraser sous l'une de ses roues avant ? Il but. L'alcool n'avait plus de goût, il changea de bouteille, optant pour une boisson plus colorée. Il se sentait en pleine forme. En pleine forme. Pour faire bonne mesure il tira un cachet jaune de sa poche et le fit passer avec une gorgée de scotch, c'est toujours comme ça qu'on devrait prendre les tranquillisants !

Il tituba jusqu'à sa voiture, laissant la lourde porte claquer dans son dos. Passage Sainte-Hermine ? Il dut chercher la localisation de la ruelle sur un plan, les lettres et les chiffres dansaient devant ses yeux. Finalement il réussit à situer l'endroit, tout près de la station de métro Etienne-Chevrier. Il lui fallait traverser la moitié de Paris. Tout au fond de lui, une voix murmurait : « Si tu n'y vas pas tant que tu es ivre tu n'iras jamais, tu auras bien trop la trouille ! »

Pendant qu'il conduisait il eut un nouveau malaise. De chaque côté de la rue les immeubles grandissaient démesurément, devenaient falaises, gorges, canyons, et la voiture — à présent minuscule — trottinait au fond de cette vallée des premiers âges tel un rongeur sautant d'un caillou à l'autre au milieu du désert. Des images de dessin animé l'assaillaient, il se vit subitement poursuivi par un chat blanc énorme, un matoubrontosaure dont les griffes ouvraient des crevasses de la taille d'un homme dans l'asphalte, et l'automobile filait, dérisoire souris mécanique d'acier gris.

Après un temps qui lui parut interminable, il réussit enfin à se garer à l'entrée du passage Sainte-Hermine. Son ivresse se changeait en une sorte d'état second. Il resta une minute immobile au seuil de la ruelle, s'attendant que, d'une seconde à l'autre, l'ombre du chat gigantesque le recouvrît, mais rien ne venait. Il avait réussi à semer son poursuivant, il poussa un soupir de soulagement et se mit en marche d'un pas mal assuré. La sente était bordée d'immeubles sombres qu'on eût dits barbouillés par la fumée d'un troupeau entier de locomotives. Georges hésita, peut-être les immenses bêtes de métal noir occupaient-elles ces prairies secrètes, broutant à même le macadam le charbon dont elles se nourrissaient de façon insatiable ? Et la horde, dérangée sur son territoire, allait le charger, lui, Georges, dans un impossible roulement de ferraille, cheminées dressées par la colère, soufflant des volutes de vapeurs âcres à la mesure de son mécontentement.

Autour de lui les façades semblaient creuses. Les fenêtres, telles des orbites vidées par un scalpel minutieux, ne s'ouvraient sur aucun rideau, aucune lumière. Il s'aperçut soudain que les portes d'entrée avaient été rendues inaccessibles par des croisillons de grosses planches où s'étalait en lettres dégoulinantes la mention *Chantier interdit au public. Démolition. Danger.* Une rue morte, un de ces îlots voués à la pioche des démolisseurs comme on en trouve tant au long des boulevards de ceinture. Au 24 pourtant, deux ou trois fenêtres brillaient d'une lumière jaunâtre, des squatters ? Il pénétra sous le porche, un avis d'expropriation collective avait été collé au-dessus d'une rangée de boîtes à lettres rouillées. La sanction administrative ne prenait effet que dans un mois. Le navire n'avait pas encore totalement sombré et quelques passagers s'attardaient dans leur cabine, ils ne se résoudraient à monter sur le pont que lorsque l'eau mouillerait leurs chevilles. Georges traversa le hall à damiers, la voûte du porche avait été enduite d'une horrible couche de peinture brune qui maintenant s'écaillait sous le bourgeonnement d'une colonie de champignons blêmes. En levant la tête, il lui sembla entrevoir sous les cloques et les fissures le plafond de la chapelle Sixtine, tous les acteurs de la scène avaient la peau marron et Dieu était nègre. Il baissa les yeux, une crampe entre les sourcils. Ses pieds butèrent sur la première marche. Des graffiti serpentaient tout le long du mur, hiéroglyphes, emblèmes occultes à la signification trouble. « Nicole serait à son affaire ! » Il réalisa qu'il venait de prononcer le nom de sa femme et, immédiatement, sa colère s'enfla, ronfla, attisée par l'alcool comme un foyer qu'on asperge d'eau-de-vie. Il s'arc-bouta à la rampe, hissant son corps alourdi par l'ivresse. Seuls ses doigts semblaient jouir d'une parfaite conscience. *Il étendit la main et punit les méchants !* Il ricana désagréablement.

Autour de lui les inscriptions étalaient leurs cartouches cunéiformes. En plissant les paupières il réussit tout de même à déchiffrer quelques formules : *Des cons à chaque palier, des cocus à chaque étage, Toutes des putains, Elles aiment ça les gueuses !* Il montait, l'épaule gauche raclant le mur ciselé par la rancœur et les fantasmes de générations de locataires enfuis. Quatrième. Un palier minuscule au plâtre gris, un vieux balai de paille de riz effondré dans un coin, et LA PORTE, avec son paillasson, avec sa peinture verte.

Il la poussa, sans hésiter, porté par sa rage, par son humiliation. L'obscurité l'engloutit, il tâtonna le long du chambranle, trouva l'interrupteur. Quelque part une pauvre ampoule de vingt-cinq watts s'alluma, pleurant une goutte jaunâtre dans l'unique pièce vide. Vide ? Non, pas tout à fait. Au centre du parquet semé d'échardes se dressaient un guéridon de bois blanc et une chaise au dossier tordu. Les paroles du manuscrit lui revinrent en mémoire : *Alors il trouva les instruments de sa vengeance...*

Sur le meuble il n'y avait qu'une liasse de feuilles blanches, une petite bouteille d'encre noire et un porte-plume tout droit sorti d'un musée des fournitures scolaires : une mince tige de bois terminée par un bec de fer, une langue bifide piquetée par l'oxydation.

Il s'assit. La table trop basse comprimait ses genoux. Il avait la sensation de retrouver son pupitre d'écolier. Il trempa la plume dans le flacon sans étiquette. Sur la première page, quelques lignes avaient été tapées à la machine, comme le sujet imposé d'une rédaction. Il dut élever le papier dans la lumière pour réussir à déchiffrer le contenu du paragraphe : *Ecrire le futur. Ecrire la punition. Donner ses ordres aux puissances de l'ombre...*

C'était complètement fou. Il s'amusait de plus en plus, fit un pâté.

— Attention, ricana-t-il, le bonnet d'âne te guette, si tu continues tu remonteras la rue de Rivoli le cahier au dos et les mains sur la tête !

Non, il se trompait, ce n'était pas lui, Georges, qui méritait d'être puni, mais Nicole, mais Laurent ! Il s'immobilisa, la petite pointe de fer humide à quelques millimètres au-dessus du feuillet, tirant une langue appliquée. La colère revenait, pulsation sourde comprimant son cerveau comme une vapeur trop longtemps contenue. Il y eut un instant d'hésitation, puis, doucement, telle une bielle qui entame son va-et-vient rotatif, les idées affluèrent à une cadence de plus en plus rapide, et les mots tombaient, griffant rageusement le papier. Nicole ? Laurent ?... Nicole ! Non ! Laurent d'abord !

« ... Laurent marchait dans la nuit. La fine pluie insistante avait fini par s'insinuer dans ses chaussures de prix impeccablement cirées. Dans la mallette, au bout de son bras, l'attirail médical pesait de plus en plus lourd. C'était comme s'il transportait sa fatigue entre les parois de sa serviette. Une mauvaise urgence, un déplacement à une heure du matin qui l'avait arraché au sommeil. Pourtant il avait bien besoin de repos après cet après-midi dingue passé avec Nicole (la garce en redemandait toujours !). Il bâilla, il était si tard. Une occlusion intestinale carabinée, il avait fallu appeler une ambulance, rassurer la mère du gosse qui avait piqué une crise de nerfs. A présent il n'aspirait plus qu'à une chose : retrouver son lit et dormir, dormir. Il s'arrêta devant la voiture, chercha les clefs dans sa poche. La pluie humidifiait ses épaules à travers l'épaisseur de la veste de laine. Il n'avait même pas pensé à prendre un imperméable. Le sifflotement monta dans son dos. Deux notes aiguës, dissonantes. Instinctivement il se retourna. Les trois types étaient là, dans leurs flying-jackets agrémentés de rosaces cloutées sur la poitrine et les épaules. Les cheveux coupés si court qu'on pouvait apercevoir la peau de leur crâne à la lumière des réverbères. Il eut un pincement désagréable au creux de l'estomac. C'était une situation stupide, une séquence banale, mille fois vue au cinéma ou à la télévision, un épisode rabâché qui ne faisait plus vibrer personne. L'attaque des loubards, l'agression nocturne. Difficile d'innover, ils allaient dire des choses insolentes, lui lanceraient des plaisanteries comme des crachats, retardant l'assaut, l'humiliant, s'amusant de son angoisse, de sa peur. Il pourrait hurler, appeler au secours, personne ne se dérangerait et, pendant qu'on le rouerait de coups, quelque part, au rez-de-chaussée de l'une des maisons qui l'entouraient, une femme se retournerait vers son mari pour lui dire : « T'as bien mis le verrou au moins ? » Il n'osait plus bouger. C'était comme s'il s'était trouvé face à un serpent, il savait que le moindre geste déclencherait l'hallali. Le temps s'étirait. Quelqu'un allait passer : une ronde de flics, des vigiles à bicyclette, un promeneur insomniaque tenant en laisse un berger allemand.

« — Il est beau mec, dit le plus grand des voyous, un gars comme ça, ça doit plaire aux nanas. Si ! Si ! Je suis sûr, mince et tout, t'as vu les fringues ?

« Son voisin de droite eut une moue dégoûtée.

« — Moi je trouve qu'i fait un peu pédé. P't être qu'i fait la retape après tout ?

« — C'est vrai, mon beau ? lança le troisième, allons ! me jette pas des œillades comme ça, tu nous gênes, nous on est des gars sains, pas compliqués. Un peu ploucs même. Hein les copains ?

« — Ouais, on est des prudes, des fervents du redressement moral. Qu'est-ce que t'as dans ta serviette, là ? Ce serait pas des accessoires cochons par hasard ? Parce que ce serait pas bien. Regarde-z-y voir Coco, toi qu'es le moins timide de la bande !

« Ils s'avançaient, les yeux froids, les lèvres étirées sur un triple sourire cruel. Il ne vit pas venir le premier coup. Quelque chose de lourd percuta sa mâchoire et il sentit distinctement ses molaires s'entrechoquer, éclater sous le choc en esquilles d'émail. Déjà un genou enfonçait ses cuisses. La douleur fusa, droite comme une lame. Il vomit avec l'impression qu'une bête venait de se pendre à ses testicules, de tout son poids, de toutes ses dents. Il roula sur le trottoir, juste avant de perdre connaissance il vit la pointe d'une botte voler vers son visage... »

Georges s'arrêta, oppressé. Le sang battait à ses tempes et son estomac s'agitait sous l'effet d'une houle de mauvais augure. Il repoussa la chaise. Sur la table, la feuille couverte de son écriture heurtée commençait à sécher... Ce n'était pas d'une grande originalité, il n'avait fait qu'adapter, piocher dans ses souvenirs de lecture, pasticher les romans qu'il éditait par dizaines à longueur d'année. Il se sentait vraiment mal.

Il se redressa, courut vers la porte, dégringola l'escalier comme un invalide privé de ses béquilles. Dehors, l'air glacé de la nuit ne fit qu'accentuer son ivresse. Il vomit sans même cesser de marcher, à longs jets, souillant son imperméable de traînées chaudes et nauséabondes. Il buta enfin sur la voiture, se glissa derrière le volant, démarra. La tête lui tournait. La ville n'avait plus de couleurs, un chat blanc traversait la rue, Laurent et Nicole s'étreignaient nus sous un porche, le génie sortait de sa lampe coiffé d'un bonnet d'âne.

Il se gara sur un parking inconnu, au hasard, coupa le contact et s'effondra sur la banquette, inconscient, happé par un maelström de ténèbres.

10

Ce fut la lumière grise du jour qui le tira de son anéantissement, il se redressa d'un bond, faillit hurler sous l'effet de la déflagration que son geste inconsidéré venait de provoquer dans son crâne et serra les dents à s'en faire mal. Il était si malade qu'il lui fallut un interminable quart d'heure pour comprendre qu'on était dimanche et qu'il avait passé la nuit sur le parking d'un supermarché, derrière la remise à outils d'une entreprise de terrassement. Sa montre s'était arrêtée mais la circulation encore anémique prouvait que la matinée n'était guère entamée.

Il grimaça en découvrant l'aspect de ses vêtements. Il ne pouvait pas rentrer dans cet état. Il se débarrassa de l'imperméable, alla fouiller dans le coffre. Il finit par découvrir un blouson de toile qui dissimulerait sa chemise souillée. Peut-être réussirait-il à faire illusion ?

Il ne conservait des événements de la nuit que des souvenirs extrêmement flous. Il gardait la vague certitude de s'être conduit comme un imbécile sans toutefois parvenir à clarifier les raisons d'une telle conviction. Il reprit le chemin de la villa avec l'espoir que Nicole serait chez une amie, sous la douche, ou encore endormie, et qu'ainsi elle n'aurait pas l'occasion de le voir entrer. Il se trompait.

A peine avait-il franchi le tiers de l'allée qu'il aperçut la jeune femme sur le perron de la maison, elle était extrêmement pâle et paraissait en proie à une grande agitation.

— Où étais-tu ? hurla-t-elle en courant à sa rencontre, j'étais folle d'inquiétude, tu devais rentrer hier après-midi ! Avec ce qui s'est passé je craignais le pire !

La voix de Nicole, haut perchée, enfonçait des trilles de douleur dans ses tempes, il parvint à articuler :

— Qu'est-ce qui s'est passé ? Qu'est-ce que tu racontes ?

Elle eut un rictus d'énervement.

— C'est vrai, tu ne sais pas. Laurent a été agressé par une bande de voyous hier soir alors qu'il avait été appelé pour une urgence, ils l'ont roué de coups. Il vient juste d'appeler, il faut passer chez lui. Vite.

Elle avait ouvert la portière, s'était installée. Georges ne pouvait plus lever les doigts du volant, tout le véhicule lui paraissait soudain taillé dans une pierre d'une incroyable densité, lui-même, victime d'une inexplicable contagion, venait de se métamorphoser en statue. Seul son cerveau, unique partie encore vivante de l'ensemble, continuait à palpiter au rythme de quelques mots : *Laurent, voyous, attaqué*. Emergeant du flot de l'ivresse, son aberrante conduite de la veille fusillait sa conscience.

— Alors ! Qu'est-ce que tu fais, démarre ! s'impatienta Nicole.

Il obéit, comme un automate, vira dans un crissement de pneus.

— Il est couvert de plaies, continuait la jeune femme, j'espère qu'il a consulté un de ses confrères !

Lorsqu'ils arrivèrent au seuil du cabinet, la porte s'ouvrit toute seule, actionnée de l'intérieur par la secrétaire de Laurent qui les avait probablement guettés derrière une fenêtre. C'était une grosse femme au chignon gris. Elle avait l'air anéantie.

— Ma pauvre dame ! se lamentait-elle, mon pauvre monsieur, c'est incroyable des choses comme ça, s'en prendre à un médecin, c'est comme lever la main sur un prêtre !

Georges compatit distraitement. Nicole remontait le couloir d'un pas fébrile, ouvrait des portes. Laurent était étendu sur son lit, torse nu, mais il avait gardé son pantalon. Il eut une grimace en les voyant. Un énorme pansement chevauchait son sourcil gauche, un trait d'albuplast soulignait sa pommette. Il avait la poitrine bandée et le biceps barbouillé d'arnica.

— Salut, fit-il en levant mollement la main, allons, allons ! pas de reproches ! Je sais que j'ai fait un très mauvais match, la prochaine fois je prendrai mon entraînement beaucoup plus au sérieux !

Il paraissait gêné de se montrer ainsi en position d'infériorité.

— Arrête de faire l'idiot ! coupa Nicole, tu disais tout à l'heure que ce sont des voyous ? Tu as porté plainte au moins ?

Laurent haussa les épaules, grimaça de douleur.

— Non, c'est une histoire idiote, ça fait tellement mauvais feuilleton que je vois d'ici les flics ricaner !

Georges s'assit au pied du lit, son cerveau recommençait à fonctionner.

— Si on m'expliquait, lança-t-il, je débarque de Cannes moi, j'ai loupé le premier épisode... ?

Le médecin eut un geste vague.

— C'est un truc incompréhensible. Hier soir, il devait être une heure du matin. Je reçois un appel d'urgence, une occlusion intestinale d'après ce que j'ai compris, ou du moins des symptômes y ressemblant d'assez près. Je vais à l'adresse indiquée. Un coin complètement désert soit dit en passant, je me gare, et là...

— Ils te sont tombés dessus, conclut Nicole.

— Non, correction, IL m'est tombé dessus. Un type seul, et crois-moi ! A sa façon de cogner il n'avait pas besoin d'aide.

— J'avais cru comprendre qu'ils étaient plusieurs, observa Georges, Nicole disait...

— Non, je me suis mal expliqué au téléphone, sûrement, il n'y avait qu'un homme, un grand type en blouson de cuir, avec des gants.

— Tu as vu son visage ?

— Non, et c'est là que ça a l'air idiot : il avait une cagoule. Enfin, pas une vraie cagoule, mais un bas rouge sur la tête, un bas épais qui lui écrasait complètement la figure, et en plus il faisait aussi noir que dans un four, comme par hasard tous les lampadaires du coin avaient été dégommés à coups de pierres.

— Il t'a volé quelque chose ?

— Non, même pas. Il est sorti de l'obscurité, il m'a cassé la gueule et il est reparti, comme s'il n'avait que ça à faire.

— C'est grave ? intervint Nicole en désignant les bandages.

Laurent fit la moue.

— Non, des contusions, des muscles froissés. Un collègue m'a fait une radio. J'ai tout de suite appelé un copain, rapport à l'occlusion qui avait motivé ma venue, on ne pouvait pas laisser le pauvre gosse sans secours. Et là, tenez-vous bien : le nom était faux, on m'a attiré dans un piège, selon la meilleure tradition des romans noirs ! A n'y rien comprendre !

Il se rallongea avec précaution et tâta son côté droit à travers les bandages.

— Dans quelques jours ça ira mieux, conclut-il avec un clin d'œil.

Georges inspira à fond, ouvrit la bouche, il avait peur de parler, peur que sa voix ne vibre sur un timbre anormal.

— Tu dis un type avec un bas rouge ? fit-il d'un ton qu'il essayait de contrôler mais qu'il savait sonner horriblement faux. C'est une histoire de dingue, non ?

Laurent eut un nouveau rictus.

— Peut-être, mais ça n'était pas une illusion, je peux te le garantir. Peut-être un client mécontent ? C'est possible, après tout on est amené à côtoyer tellement de cinglés.

Il tentait de crâner devant Nicole, mais sa voix déraillait.

On le sentait ébranlé par ce qu'il venait de vivre. Un tic nerveux agitait le coin de sa bouche, et Georges nota avec satisfaction qu'il ne cessait de se passer la main dans les cheveux, comme lorsqu'il était gosse et que l'angoisse le tenaillait à la suite de quelque mauvaise blague menaçant d'entraîner des représailles familiales.

— Ça va passer, répéta-t-il mécaniquement mais j'aurais bien aimé comprendre...

— Les rues sont pleines de fous en liberté, observa Georges laconiquement.

— C'est vrai, approuva Nicole, même Georges a reçu des menaces, une lettre anonyme, je crois ? Tu m'en parlais l'autre jour.

Elle s'était retournée vers lui. Il acquiesça distraitement. Il serra les dents, remarquant soudain comme l'aventure de Laurent la jetait dans les transes alors que l'allusion à la prétendue lettre anonyme qu'il avait faite, lui, Georges, n'avait pas motivé la moindre manifestation d'inquiétude de sa part ! La jalousie lui ravagea le ventre d'un feu acide.

Ils échangèrent encore quelques banalités puis se séparèrent en se promettant force coups de téléphone. Laurent semblait radicalement décidé à minimiser la situation. Mais pouvait-il faire autrement vis-à-vis de Nicole ? Il avait eu le dessous, le meilleur moyen d'effacer ce mauvais point restait encore de jouer à celui « qui en a vu d'autres », qui ne « s'effraie pas pour si peu ». Ce n'était pas une mauvaise tactique ; en agissant ainsi, en affectant un stoïcisme et un sang-froid qu'il était sûrement loin de posséder, il réussissait une nouvelle fois à impressionner la jeune femme. Il parvenait par un subtil tour de passe-passe à utiliser son échec de manière positive.

Alors qu'ils atteignaient le portail, Nicole hocha pensivement la tête et laissa tomber :

— Il a tout de même un sacré cran ! Moi, j'aurais appelé la police.

Agacé, Georges ne put se retenir de hausser les épaules.

— N'exagérons rien, on n'a pas essayé de le tuer, il ne s'agissait après tout que d'un petit accrochage avec un loubard. Rien de plus...

Elle bondit sur son siège et le dévisagea, les sourcils arqués par la colère.

— Rien qu'un petit accrochage ! Ben voyons ! Tu en parles à ton aise, j'aimerais bien voir comment tu réagirais si c'était toi qu'on avait bourré de coups de poing !

Il bougonna, maîtrisant la rage qui lui empourprait les pommettes. Non ! ne pas éclater, ne pas sombrer dans le ridicule d'une dispute. Maintenant il le savait, IL DISPOSAIT D'AUTRES MOYENS POUR ASSOUVIR SA VENGEANCE.

Depuis que Nicole avait couru à sa rencontre en lui criant ce qu'il venait de se passer, Georges flottait dans une euphorie qui mettait comme un écran entre la réalité et sa conscience. Il avait la sensation de vivre un rêve, d'évoluer dans un monde privé de réelle consistance où tout était possible et sans véritable conséquence. Une fois, dans sa jeunesse, à la suite d'un accident stupide il avait brisé ses lunettes, le délai de réparation s'élevait à quinze jours et, pendant tout ce temps, il avait découvert le plaisir trouble de se déplacer au milieu d'un brouillard permanent où choses et gens ne semblaient plus capables de l'atteindre. Il avait été gagné par un divin bien-être, et n'avait pas hésité une seconde à pousser encore plus loin l'expérience en se bouchant les oreilles avec plusieurs épaisseurs de boules Quiès. Du coup les sons eux-mêmes avaient été gommés. Les conversations se déroulaient pour lui à la limite du murmure, les camions roulaient avec des soupirs feutrés.

Pendant quinze jours il avait connu le vrai bonheur, une euphorie sans pareille. La vie était devenue semblable à un film qu'une mauvaise mise au point rendrait flou sur l'écran, et qu'une panne du son réduirait à des chuchotis incompréhensibles. Puis il avait récupéré ses lunettes neuves et il lui avait bien fallu rentrer dans le rang, mais il gardait de cette expérience insolite un souvenir incomparable. Aujourd'hui il retrouvait le même phénomène. Ses pieds ne touchaient plus terre ; il aurait pu s'enfoncer des clous dans la paume des mains sans cesser de sourire, se sectionner une jambe à la scie égoïne sans arrêter de chanter. Il savait parfaitement qu'il aurait dû réagir, s'obliger à considérer les choses en face, à repenser les événements de la nuit. Il n'en avait pas envie, il ne savait qu'une chose : le « génie » avait exécuté ses ordres à la lettre ! IL était devenu, lui, Georges, l'égal des chefs de gang dont il publiait les aventures, il avait ce dont tous rêvent en secret : un tueur à sa disposition, un soldat muet, sans visage, et qui obéit sans poser de questions. UN GOLEM ! Il se surprit à ricaner à haute voix. Heureusement Nicole était occupée à refermer le portail, elle l'aurait pris pour un fou... Et d'ailleurs n'était-il pas réellement FOU ? L'idée le doucha, d'un coup toute son euphorie s'envola et il demeura statufié, les mains sur le volant. FOU. Non ! Aucune folie dans tout cela, rien que la colère et la joie d'un homme bafoué qui prend plaisir à se savoir, sinon vengé, du moins plus propre. Il serra les dents avec agacement, il avait l'impression d'oublier quelque chose d'important, de décisif, sans parvenir à mettre le doigt dessus, mais quoi ? Ah ! oui, pourquoi le « génie » lui obéissait-il ? Pourquoi, brusquement, après l'avoir fait souffrir, se faisait-il un devoir de lui obéir servilement ? Mais avait-on réllement désiré le faire souffrir ? Le premier chapitre ne voulait-il pas plutôt dire : *Je te connais comme personne ne te connaît, je sais toutes tes vérités*, le second : *Je te dis la vérité sur les autres, sur ceux qui te trompent*, le troisième : *Je suis à ton service*.

Un homme normal aurait cherché une justification

rationnelle à tout cela, lui, Georges n'en avait cure. Un homme de main sortait du néant pour se mettre à son service, et lui, éditeur en renom, personnalité honorable, appréciée du milieu artistique, n'en concevait aucun étonnement comme si la chose avait été d'une grande banalité. Oui, décidément il était un peu dingue, mais ne l'avait-il pas toujours été ? Dingue né d'une famille de dingues, fou marié à une folle ? Non, il allait reprendre ses esprits, peu à peu, rien ne servait de s'exciter. D'ailleurs n'était-il pas encore légèrement ivre ?

11

Loin de se ressaisir, il passa le week-end dans l'hébétude la plus totale. Dès qu'une question affleurait à sa conscience, il descendait, ouvrait le meuble-bar et se servait trois doigts de vodka. Surtout ne pas réfléchir. Surtout ne pas penser. Confusément il sentait qu'aucune des théories qu'il s'efforcerait de bâtir ne résisterait plus de quelques secondes à l'analyse. Ce qui lui arrivait était incompréhensible, inexplicable. Il était loin de ses certitudes du début (un maître-chanteur, un journaliste à scandale), aujourd'hui une telle explication ne tenait plus debout, et le plus terrifiant restait l'obscurité des motivations de l'inconnu, de celui qui se faisait appeler « le génie ». Quel mobile avait-il d'agir ainsi ? De devenir en quelque sorte le bourreau attitré d'un homme auquel rien ne le liait ? Mais les fous connaissent-ils toujours leurs mobiles ?

Le dimanche après-midi Nicole s'absenta pour aller rendre visite à Laurent. Georges refusa de l'accompagner, il était pratiquement ivre et aurait été totalement incapable de faire illusion dans une conversation. La jeune femme n'insista pas. Il ne faisait aucun doute qu'elle préférait voir son amant en tête à tête. Georges resta seul. La brume sans cesse plus épaisse de l'alcool n'arrivait pas à étouffer ses préoccupations et il remplissait son verre, espérant du même coup augmenter l'opacité du rideau de fumée qu'il tentait de dresser entre ses problèmes et lui. Mais le mot revenait comme une rengaine : FOU.

A la fin, obéissant à une impulsion d'ivrogne il s'arracha de son fauteuil, tituba jusqu'à la bibliothèque pour s'accrocher au premier tome d'un dictionnaire aux multiples volumes. Il eut beaucoup de mal à se frayer un chemin vers le vocable qui l'obsédait, les pages trop fines se froissaient entre ses doigts, les lignes se superposaient. Finalement il réussit à isoler quatre définitions :

Aliéné, dément.
Bouffon attaché à la personne d'un roi, d'un prince.
Pièce du jeu d'échecs se déplaçant en diagonale.
Oiseau palmipède (Fou de Bassan).

Laissant tomber son verre, il entreprit de mimer de manière grotesque les trois acceptions du terme auxquelles il n'avait pas jusqu'alors pensé. Il vacilla devant la glace, se tordant le visage en grimaces ridicules, esquissa une cabriole, puis se mit à sauter en diagonale sur les carreaux noirs et blancs du hall. Enfin il ouvrit la fenêtre et poussa des glapissements plus proches d'un hurlement de chacal que du cri d'oiseau.

Quand il eut terminé sa sarabande il s'aperçut qu'une petite femme à lunettes se tenait immobile au milieu de la salle, le considérant d'un œil horrifié. Alors qu'il esquissait un pas, elle se mit à balbutier :

— Je suis Mme Huguette, votre nouvelle voisine... Je venais apporter des boutures à votre dame... Comme la porte était ouverte...

Elle s'excusa d'une voix tremblante, toussa, déposa son paquet et tourna les talons comme si elle avait eu le diable à ses trousses. Il ne put s'empêcher d'éclater de rire. Il hoquetait, s'étouffait, pleurait, et là-bas la petite bonne femme traversait le parc à toute allure, jetant tous les cinq mètres un coup d'œil par-dessus son épaule pour s'assurer qu'IL ne la poursuivait pas.

« Et voilà comment on perd une réputation ! » songea-t-il en retombant dans son fauteuil. Il s'endormit, abruti par l'ivresse.

Le lendemain, il dut se rendre au bureau bourré d'aspirine. Ce fut un jour d'une grande banalité. Il reçut deux auteurs afin de discuter des corrections à apporter à leur manuscrit, à chaque fois il s'embrouilla, perdit le fil de son discours et sombra dans un mutisme halluciné d'où vinrent le tirer les mêmes interrogations inquiètes ou gênées : « Vous ne vous sentez pas bien ? » Non ! Il n'allait pas bien ! Et aucun de ces pauvres constructeurs d'intrigues à deux sous ne pouvait l'aider. Il les détestait tous, avec leur orgueil, leur égocentrisme naïf, leur « cinéma » permanent, leurs manies « d'artistes » ! Aucun d'entre eux n'aurait été capable de démêler l'écheveau au milieu duquel il se débattait.

Il partit plus tôt que de coutume, s'arrêta dans un bar et avala plusieurs verres coup sur coup. Il avait besoin de l'alcool pour maintenir une distance acceptable entre la réalité et lui, pour supporter son fardeau, le minimiser, lui donner l'aspect rassurant d'un cauchemar qui va s'estomper à la première sonnerie du réveil. Il ne lui fallait qu'un peu de patience, attendre que la nuit finisse, que le soleil se lève, CAR TOUT ÇA NE POUVAIT PAS EXISTER, N'EST-CE PAS ?

Les jours suivants se déroulèrent selon un scénario en tout point identique. Le mercredi toutefois, une idée s'insinua sournoisement entre les bourrelets de coton qui tapissaient son cerveau : Nicole et Laurent se retrouveraient-ils à l'hôtel de la rue Saint-Amar jeudi, à quinze heures, malgré le coup de semonce de la semaine précédente ? Auraient-ils l'impudence de RECOMMENCER ? Cette question ne cessa de le harceler toute la nuit. Le jeudi, il réintégra le café d'où il avait fait, peu de temps auparavant, sa triste découverte. Il était gêné de revenir au même endroit après son malaise qui n'avait pas manqué de le faire remarquer, mais c'était la seule officine d'où il pouvait aisément observer l'entrée de l'hôtel sans risquer d'être aperçu du dehors.

Pour tromper l'attente il but deux scotches. Il détestait le goût de l'alcool, seule comptait la brûlure, que ne tarderait pas à suivre la merveilleuse sensation de flou, de détachement. « Je m'anesthésie », songea-t-il avec un ricanement grandiloquent.

A quinze heures très précises Nicole et Laurent escaladèrent les trois marches de l'hôtel et disparurent dans la pénombre du hall. Comme si de rien n'était.

Il comprit qu'à aucun moment *ils ne l'avaient pris au sérieux*, ils avaient méprisé *son avertissement*, son ultimatum, et une grande colère l'incendia.

Il paya, sortit. Il savait déjà ce qu'il allait faire. Ses mains sautaient sur le volant, bêtes bien dressées, indépendantes. La petite voiture filait à travers Paris, char de métal invinciblement attiré par le pôle magnétique de la rue Sainte-Hermine. Cette fois, il ne prêta aucune attention au décor, rien n'importait que la petite table de bois blanc, autel magique où le futur s'écrivait à l'encre noire au bout d'une plume sergent-major.

Il se gara sur le trottoir, juste devant le porche barbouillé à la peinture brune. Il lui semblait qu'une force démoniaque l'aspirait, tirait sur ses bras et ses jambes, le hissait en haut de l'escalier. Il était engourdi, son sens de l'équilibre perturbé lui donnait la sensation que la maison venait de rompre ses amarres et filait sur une mer démontée, il entendait siffler le vent dans les vergues, craquer les haubans, il avait le goût du sel sur la langue. Il s'assit devant l'étroit guéridon, capitaine halluciné d'un navire maudit remontant la Seine. Des images éclataient en bulles de sang sous ses paupières. Il tâtonna, trouva le porte-plume. Les pages attendaient, blanches comme des syncopes, comme des ailes d'albatros mutilé. Il écrivit, accolant des souvenirs de lecture, récitant des descriptions volées à d'autres livres, traçant des mots qui n'étaient pas les siens, il écrivit...

« ... La lumière venait de s'éteindre dans le couloir menant au parking souterrain, Nicole sursauta, subitement mal à l'aise. Elle détestait ces territoires bétonnés, bas de plafond, où quelques maigres ampoules emprisonnées dans des cages de fil de fer jetaient une tache jaunâtre de loin en loin, repoussant à grand-peine une obscurité qu'on sentait prête à tout envahir. Elle pressa le pas, le ventre fouillé par une angoisse de petite fille. Ses reins, ses jambes, lui faisaient un peu mal, la tiraillaient comme au sortir d'une longue course. Chaque fois qu'elle faisait l'amour avec Laurent elle émergeait de l'océan des draps moites, brisée, anéantie. A chaque pas elle sentait l'humidité de sa culotte poisser ses cuisses ; l'acte accompli elle ne se lavait jamais et s'appliquait à passer son slip, la semence de l'homme encore en elle. C'était un rite, une manière toute fétichiste de prolonger ces trop rares étreintes. Ensuite elle avançait, troublée de sentir le liquide épais s'écouler, imprégner son cache-sexe, mouiller l'intérieur de ses cuisses, puis sécher, raidissant sa peau, amidonnant chair et tissu. Elle avait toujours ri de ces petites bourgeoises qui, à peine libérées du pénis qui vient de les fouiller, bondissent vers la salle de bains comme si on venait subitement de leur emplir le ventre d'acide sulfurique et se savonnent à tour de bras avant de sauter sur leur bombe déodorante intime et de s'en aperger à qui mieux mieux. Mais cette fois l'évocation ne parvint pas à la faire sourire, elle ne voyait que le couloir de béton, tunnel de goudron semé çà et là de l'étincelle rouge d'un interrupteur, et elle avançait, avec l'envie irrésistible de tourner les talons, de s'enfuir. Il lui semblait que toute sa chair se hérissait au contact de l'obscurité, elle sentait l'ombre la recouvrir, physiquement, comme un attouchement réel et répugnant. *Les ténèbres étaient vivantes*, où avait-elle lu cette phrase ? Dans quel roman ridicule édité par Georges ? Dans... Et pourtant elle avait PEUR. Une peur à l'état brut, animale, la peur qui vous fait uriner ou déféquer dans vos vêtements sans même que vous en ayez conscience, la peur terrifiante de l'enfance, de la main coupée au fond des draps, du mort décomposé qui se cache sous votre lit, de la bête qui emplit vos vêtements abandonnés sur un fauteuil et marche vers vous pour voler vos cheveux, vos dents et vos YEUX... Elle tendit le doigt vers le premier lumignon et, soudain, le point incandescent disparut avant même qu'elle l'ait touché, comme si quelque chose l'avait masqué. Et soudain elle comprit que QUELQUE CHOSE se tenait effectivement devant elle, là, dans la nuit, quelque chose qu'elle ne voyait pas mais qu'elle SENTAIT, comme on peut se sentir entouré de murs lorsqu'on joue à l'aveugle... Il y eut une interminable seconde, puis la lumière jaillit. Ils étaient là, trois gosses prématurément vieillis par le vice et le mal, ils étaient là, et, stupidement, elle fut presque soulagée de voir qu'il ne s'agissait que de ça. Très rapidement ils l'entourèrent. Une main s'insinua entre ses cuisses sous la jupe trop courte, un peu démodée...

« — Mais elle mouille ! chuinta le garçon, t'as fait pipi dans ta culotte ou c'est moi qui te cause tant d'effet, bébi ?

« Grossièrement, il porta les doigts à son nez, renifla. Une expression de colère se peignit sur son visage.

« — Salope ! Penses-tu, elle sort d'en prendre, c'est du jus de mec, les gars !

« Ils grondèrent. Le plus grand lui pinça la pointe des seins à travers son chemisier et s'approcha jusqu'à ce qu'ils soient front contre front.

« — Mais t'es pas sale de partout, hein ? susurra-t-il les yeux glacés, je suis sûr que t'as encore quelques coins propres qui peuvent servir ? ! Pas vrai les gars ? A genoux ! Vite !

« Il la poussa, elle tomba à quatre pattes, se meurtrit les paumes. La lumière s'éteignit à nouveau. Ce fut la curée... »

Georges ricana. Bon élève, bon devoir. Aucun de ses auteurs n'aurait mieux fait. Il rejeta le porte-plume, quitta la pièce. La maison tanguait toujours. Il entama une chanson de marin. « C'est la tempête ! » hurla-t-il en atteignant le rez-de-chaussée, « tout le monde aux canots de sauvetage ! »

Il se rua sur la voiture, démarra en trombe comme si l'immeuble allait effectivement faire naufrage.

Il roulait droit devant lui, braillant à chaque feu rouge : « Vite ! Vite ! Vous allez me faire manquer la marée ! »

Alors qu'il s'engouffrait dans un sens interdit, il entr'aperçut la silhouette blanche d'un enfant dans la trajectoire du capot, enregistra l'image de deux nattes nouées par une paire de rubans dépareillés. Il freina, pied au plancher. La voiture chassa, s'immobilisa en travers de la route avec une épouvantable odeur de caoutchouc brûlé. Il resta soudé au volant tout le temps que mit la fillette pour s'éloigner à cloche-pied, chantonnant une comptine absurde, sa poupée sous le bras. Déjà une concierge surgissait, vociférant, suivie par un homme en tricot de corps. Il réussit à faire demi-tour avant que la populace en colère ne l'atteigne. L'accident l'avait dégrisé. Totalement.

Brusquement, alors qu'il regagnait le boulevard, le souvenir de ce qu'il venait d'écrire explosa sous son crâne. C'était impossible ! Il était fou ET SI COMME L'AUTRE JOUR... ? Il fit volte-face au premier rond-point, remonta l'avenue, retrouva l'entrée de la rue Sainte-Hermine. Ses mains tremblaient alors qu'il manœuvrait pour se garer, finalement il abandonna le véhicule portière ouverte, s'engouffra sous le porche et courut jusqu'au quatrième, le battant vola sous son épaule, alla percuter le mur. Il s'immobilisa. Au centre de la pièce éclairée par la minuscule ampoule à bout de souffle LA PETITE TABLE ÉTAIT VIDE ! Il lui fallut une éternité pour réussir à bouger. Il s'était conduit comme un imbécile, un véritable imbécile ! Et maintenant LA MACHINE ÉTAIT EN MARCHE, rien ne pourrait l'arrêter, à moins que... A moins qu'il ne réussisse à retrouver Nicole avant que... Oui, c'était sa seule chance. Mais où était-elle ? Combien de temps s'était-il donc écoulé depuis qu'il l'avait vue franchir le seuil de l'hôtel ? Il regarda sa montre : six heures ! Il avait complètement perdu la notion du temps, il avait peiné sur sa copie infâme, tirant la langue, luttant contre la brume de l'ivresse, durant des heures entières, à présent la jeune femme pouvait se trouver n'importe où. Il repartit comme un fou, courut jusqu'à un café. Peut-être était-elle rentrée ? Mais le téléphone restait muet. Elle avait dû partir faire des courses, mais où ? OÙ ? Il ne pouvait rien faire, il était totalement impuissant.

Il décida de regagner la villa en essayant de se rassurer, tant qu'elle se trouvait avec Laurent elle ne risquait rien, elle... Subitement il était vidé, sans réflexes. Le feu aurait pris à la voiture qu'il aurait été incapable de se lever de son siège pour courir se mettre à l'abri. Il ne conduisait plus que de façon purement mécanique, en véritable automate. Il songea à ces héros de roman qui, inévitablement, à un moment ou un autre du récit prononcent la sempiternelle formule « je vais me réveiller, ce n'est qu'un mauvais rêve ». Il était étonné de vérifier aujourd'hui l'exactitude de tels clichés. Alors qu'il était encore en faculté, un professeur s'était un jour adressé à un groupe d'étudiants critiquant l'aspect mélodramatique de tel ou tel roman, en ces termes : « Cessez de traquer les traces du mélodrame comme s'il s'agissait des symptômes de la lèpre ! Avec le temps vous découvrirez que la vie est bien plus mélodramatique qu'on ne le croit d'ordinaire... » Sa pensée s'égarait.

La voiture cahota sur le pavage de la grand-rue, il traversa le bourg en trombe, espérant à chaque instant découvrir Nicole sur l'un des trottoirs, sortant d'une boutique, les bras chargés de paquets. Il avait froid, des frissons maladifs lui parcouraient l'échine. Il s'arrêta au bas de l'escalier, dans un jaillissement de graviers. Immédiatement il aperçut la voiture de Nicole, la portière grande ouverte, garée en travers de la pelouse, là où l'avait échouée un coup de volant maladroit et il comprit que tout était consommé...

Il monta les marches avec des jambes de plomb. Les trois verrous de la porte d'entrée étaient poussés, il dut se battre avec son trousseau de clefs, ferrailler dans les serrures. Le hall était violemment illuminé, et dans toutes les pièces on avait tourné les interrupteurs comme si on avait voulu bannir toute obscurité. Il essaya d'appeler mais aucun son ne sortit de sa gorge. Il pressa le pas, se retenant de courir, visitant les chambres une à une. Elles étaient vides.

Alors qu'il commençait à perdre son sang-froid, un sanglot étouffé lui parvint d'un placard, il tendit la main, ouvrit le battant provoquant un hurlement terrifié. Nicole était là, recroquevillée, les genoux au menton. Les larmes, diluant son mascara, avaient tatoué son visage de rigoles noirâtres qu'il prit tout d'abord pour du sang séché. Ses vêtements étaient déchirés, son corsage n'avait plus de boutons, son soutien-gorge avait craqué à l'endroit où les bonnets se rejoignent au milieu de la poitrine, et chaque moitié pendait grotesquement de part et d'autre de ses seins. Elle était couverte de terre, de poussière et de plâtre, comme si on l'avait traînée par les cheveux à travers les gravats d'un immeuble en construction. Il s'agenouilla. Elle le regardait, les pupilles dilatées, hallucinée. Alors seulement il remarqua qu'elle pressait sur son sexe une boule de tissu qui semblait être un slip en lambeaux, comme si elle avait voulu se défendre de toute nouvelle intrusion, comme un gosse qui plaque sa main sur sa bouche pour fuir la cuiller d'huile de foie de morue qui s'approche, menaçante. Un réflexe typique de femme violée (où avait-il lu ça ?). Il esquissa un geste. Le hurlement le cloua sur place.

— Va-t'en ! Va-t'en ! Par pitié !

Il battit en retraite, referma le placard et descendit au bar se servir un remontant. Il avala coup sur coup trois demi-verres de gin.

Nicole n'émergea de son réduit que bien longtemps après qu'il avait cessé d'être totalement lucide. Il l'entendit se rendre dans la salle de bains, se doucher pendant un temps infini. « Elle va vider les réservoirs de la ville ! » ne put-il s'empêcher de penser. La première émotion passée, il se sentait beaucoup moins coupable qu'en début d'après-midi. Peut-être CETTE FOIS la leçon porterait-elle ses fruits ? Traumatisée par son expérience des parkings souterrains, Nicole deviendrait frigide et, du coup, elle cesserait de voir Laurent. Tout rentrerait dans l'ordre. Il s'assoupit. Tard dans la nuit il s'extirpa de son fauteuil et grimpa à l'étage. Nicole était étendue sur son lit dans un pyjama boutonné jusqu'au cou, elle qui le plus souvent dormait nue.

Elle fumait nerveusement, les yeux fixés sur un point quelconque du plafond.

— Ne me demande rien, fit-elle d'une voix tranchante quand il s'assit au pied du lit.

Cette agressivité le désarçonna. Avait-elle découvert la vérité ? Son agresseur s'était-il laissé aller à quelque imprudence verbale ? En une seconde il fut couvert de sueur.

— Tu as prévenu la police ? ne put-il se retenir de balbutier.

Elle le foudroya du regard.

— La police ! c'est ça ! cracha-t-elle avec hostilité, pour que tout le monde soit au courant ! Pour qu'on me montre du doigt dans toute la ville, pour...

Brusquement elle fondit en sanglots et se recroquevilla dans une position fœtale, les mains serrées autour des genoux. Il ne savait que faire. Il lui tapota l'épaule, maladroitement, sans conviction. Il découvrait qu'il n'avait pas pitié d'elle. Comme très souvent dans les moments dramatiques, il n'arrivait pas à coller à la situation. Quelque chose en lui se dissociait de la scène, regardait l'action se dérouler par le petit bout de la lorgnette.

Elle reniflait, s'étouffait, avalait sa morve et ses larmes avec de petits glapissements ridicules.

— Il m'a attaqué dans le parking du supermarché, finit-elle par bredouiller entre deux hoquets, quand je suis revenue avec mes paquets la lumière ne marchait plus, on avait cassé l'ampoule au-dessus de la voiture pendant que je faisais les courses. Il m'a tirée dans une pièce pleine de sacs de ciment. Il faisait noir... Georges ! j'ai cru que je devenais folle ! Il avait un bas rouge sur la figure ! Georges, c'est le même homme qui a attaqué Laurent ! Pourquoi ? C'est une histoire de fou ! Dis ! Pourquoi ?

Il haussa les épaules. Refoulant l'ironie qui montait en lui, il murmura :

— Qui sait ? Si c'est un client qui cherche à se venger de Laurent, il a pu te voir un jour avec lui, il a pu te prendre pour sa petite amie, sa maîtresse, pourquoi pas ? Il n'est pas forcément au courant de nos liens d'amitié !

Il préféra se taire avant que son ton ne devienne franchement goguenard. Nicole semblait avoir retrouvé son sang-froid.

— Il ne faut plus parler de ça, décida-t-elle avec une moue butée, jamais ! jamais ; tu entends ! Je ne veux pas que tu ailles à la police ! Si tu le fais, je nierai tout.

Georges acquiesça distraitement, depuis quelques minutes il essayait désespérément de jouer son rôle avec conviction, de se mettre dans la peau du personnage. Comment se comporte un homme dont la femme vient d'être violée ? Dans les films on voyait toujours le mari aux traits durcis par la rage et la détermination décrocher son fusil, emplir ses poches de balles dum-dum et courir dans la nuit à la poursuite des coupables quitte à exterminer la moitié de la ville. Il se secoua, il devait faire un effort sur lui-même sinon Nicole n'allait pas tarder à se douter de quelque chose. La voix de la jeune femme lui fit reprendre contact avec la réalité.

— Georges ! ! répétait-elle, donne-le-moi, je sais que tu l'as encore !

Il sursauta, abasourdi, cherchant fébrilement à recomposer le puzzle des mots qu'il n'avait pas entendus. Déjà elle revenait à la charge.

— Tu l'as toujours, martela-t-elle, je t'ai vu le nettoyer l'année dernière. Je sais me servir d'un revolver ! Mon père était militaire, ne l'oublie pas !

Il comprit enfin qu'elle réclamait le vieux pistolet d'ordonnance qui devait rouiller dans l'un des tiroirs de son bureau. Il se leva.

— Je me sentirai plus tranquille, insista-t-elle avec une détermination farouche, je le mettrai dans mon sac.

— Mais c'est un truc énorme, objecta-t-il, un colt 45...

— Eh bien ! je prendrai un grand sac !

Il ne pouvait se dérober plus longtemps. Elle le suivit dans l'escalier. Il chercha ses clefs, fit jouer la minuscule serrure. L'arme reposait sur un chiffon maculé de taches d'huile, les petites ogives grises dans un coin.

— Il n'y a que cinq cartouches, observa-t-il stupidement.

— Ça suffira ! ricana Nicole avec une lueur meurtrière dans le regard.

Elle s'empara du pistolet, avidement, fit jouer le barillet d'un coup de poignet et entreprit de garnir les alvéoles un à un.

— Fais attention, ne put-il s'empêcher de bafouiller.

L'affaire prenait une tournure qui ne lui plaisait pas. Laurent avait minimisé son aventure, Nicole, elle, était déjà prête à partir en guerre. Que se passerait-il si elle venait à abattre l'homme à la cagoule rouge ? Pourrait-on établir un lien entre le cadavre et lui, Georges ? Un picotement désagréable lui agaça le cuir chevelu. Il avait pensé plus ou moins confusément que Nicole sortirait de sa « punition » brisée, soumise, sans ressort, il découvrait que l'agression avait libéré en elle une hargne inquiétante.

— Il faut prévenir Laurent, murmura-t-elle d'un ton froid, si un de ses clients cherche à le persécuter il faut qu'il se tienne sur ses gardes.

— Ça ne te gêne pas de lui dire que...

— Que j'ai été violée ? C'est un médecin tu sais, il en a vu d'autres !

Elle alla prendre son sac sur la table du hall, y glissa l'arme. Son regard était fixe.

— Maintenant, il ne faut plus parler de tout ça, martela-t-elle en marchant vers sa chambre. Rappelle-toi ! Jamais !

La porte se referma, et il entendit distinctement tourner la clef dans la serrure. Ce bruit, ténu, lui serra le cœur.

La situation lui échappait, il s'en rendait parfaitement compte. Pouvait-il tout arrêter, revenir à la case départ ? Mais que ferait l'homme rouge ? Etait-il possible de congédier froidement pareil serviteur ? De lui dire : « Fichez le camp, vos combines ne m'amusent plus, tout ça, c'est fini, retournez à votre asile et ne vous avisez plus d'en sortir ! »

Instinctivement, il avait pris la direction du bar. Non, il fallait qu'il s'abstienne de boire pour repenser toute l'affaire. Il avait déchaîné des forces qui le dépassaient, il s'était conduit comme un enfant irresponsable. Il s'étendit sur un canapé, dans l'obscurité. Dehors la lune découpait en ombres chinoises le lacis tourmenté des branches sans feuilles.

Il ne dormit pas cette nuit-là. Sans qu'il sache vraiment pourquoi, une association d'idées le mit subitement en éveil. « Guéridon/Nicole. » C'était absurde, et pourtant ! On utilise un guéridon pour faire tourner les tables, Nicole avait travaillé pour une revue d'occultisme, elle avait côtoyé de nombreuses sectes dans le but d'en faire un ouvrage, ouvrage que lui, Georges, avait refusé de publier. L'offre de service du « génie » était rédigée dans un style mystique rappelant à s'y méprendre le verbiage ampoulé en usage dans certaines sectes, il l'avait tout de suite remarqué... Tout cela tissait un réseau aux curieuses analogies. A force d'évoluer dans le milieu trouble des occultistes modernes, Nicole, par ses articles ironiques ou falsifiés de bout en bout, n'avait-elle pas fini par irriter quelque Grand Maître, quelque confrérie secrète, qui aujourd'hui entreprenait de se venger au moyen d'un cérémonial propre à satisfaire son goût du baroque ? ! Bon Dieu ! Il tenait là le début d'une piste sérieuse, enfin ! Et Jeanne elle-même, Jeanne si étrange, Jeanne dont il ne connaissait rien, n'avait-elle pas entretenu des liens aussi obscurs qu'étroits avec un ou plusieurs groupes d'initiés ?

Au matin il avait pris sa décision.

Cette fois ses déductions étaient solides, l'ivresse ne parasitait plus ses processus mentaux et il était à même de constater une évidence qui aurait dû lui crever les yeux s'il n'avait pas agi dans le brouillard de l'alcool et de la colère. En effet, chaque fois qu'il avait quitté le passage Sainte-Hermine après y avoir laissé sa triste « note de service », l'attentat avait été perpétré sans faillir le jour même, quelques heures à peine après que l'encre eut séché sur la copie. Une telle évidence se révélait lourde de conséquence, elle impliquait deux choses : que le fou le suivait en permanence, et qu'il était donc à même de récupérer et d'exécuter les ordres qu'on lui laissait dès que son « maître » sortait de l'immeuble condamné, ou bien QU'IL HABITAIT PRÉCISÉMENT L'IMMEUBLE EN QUESTION ! Ce qui expliquait qu'il eût chaque fois pu passer à l'action en un temps record.

Il décida de se mettre à son tour en campagne. Il prit la route, vérifiant dans le rétroviseur que personne ne le suivait, mais la circulation était à ce point dense sur le périphérique qu'il fut bien incapable de se faire une opinion. Parfois il avait l'impression que personne ne lui emboîtait le pas, à d'autres moments que trois cents voitures se relayaient pour lui donner le change. Il finit par ne plus regarder le rétroviseur, conscient du ridicule de la situation, dès qu'on devient méfiant tout paraît suspect. Rue Sainte-Hermine, il se gara devant le porche et s'embusqua dans l'ombre de la porte cochère pendant près de dix minutes mais aucun véhicule n'emprunta la ruelle. Sa ruse faisait long feu. Restait l'hypothèse d'un locataire, ou d'un « passager clandestin », d'un squatter temporaire guettant son arrivée par la déchirure d'un rideau, passant ses journées à l'affût dans l'attente de sa venue. C'était un peu tiré par les cheveux, mais les fous peuvent se révéler d'une remarquable patience.

En grimpant au quatrième il examina les différentes portes, toutes sauf une avaient été vigoureusement clouées pour éviter que des vagabonds n'y établissent leur cantonnement. D'ailleurs il se rappelait distinctement n'avoir observé que deux fenêtres allumées le premier soir, une au deuxième, l'autre au cinquième. En passant devant la porte verte il remarqua que le battant montrait les traces de piqûres profondes, des réseaux de trous criblant sa surface. Condamné comme les autres, son accès avait été dégagé des croisillons de planches, ON avait arraché les clous à la tenaille pour transformer la pièce en scène de grand guignol. Il monta au palier supérieur. Frappa sèchement. Le loquet tourna, un petit homme apparut, flottant dans une robe de chambre qu'on avait probablement tissée et cousue entre les deux guerres. Des lunettes raccommodées au fil de fer pendaient sur son nez. Georges lui donna entre soixante-dix et quatre-vingts ans.

— C'est la mairie ? chevrota le vieillard en le détaillant des pieds à la tête, mais je vous ai déjà dit que je serai parti à la fin du mois. C'est pas la peine de venir tout le temps.

Georges, pris de court, ne sut que bredouiller. Toutefois le petit homme continuait :

— Théophile aussi, il sera parti. M. Théophile ! Le gars du deuxième. Il va chez sa belle-fille. En voilà un qui a de la chance...

Georges perdait pied, il se racla la gorge, dut faire un effort insurmontable pour demander :

— Vous n'avez aucun locataire ? M. Théophile non plus ?

L'autre le regarda avec une telle expression de stupéfaction qu'il se sentit rougir. Le vieux s'esclaffa.

— Ça, c'est bien des idées tordues de bureaucrates ! lança-t-il en détaillant le costume noir de Georges qui lui donnait l'air d'un notaire, vous croyez qu'on trouve beaucoup de locataires désireux de s'installer dans une baraque qu'on va abattre dans quinze jours ? !

Georges s'excusa, battit en retraite. Chou blanc. Il n'effectuait qu'une caricature d'enquête, il aurait fallu fouiller, perquisitionner, il n'en avait pas le pouvoir. Sa construction s'écroulait. Il posa le pied sur la volée de marches menant aux étages supérieurs. Sixième, septième. Toutes les portes étaient solidement clouées, et même en s'arc-boutant à la poignée il ne parvint pas à les faire bouger d'un pouce.

Au huitième il déboucha sur un palier qu'occupait un unique cagibi à demi défoncé, toutefois il ne put s'empêcher de sursauter : un vasistas menant sur le toit était ouvert, une échelle vermoulue s'y appuyait. Il escalada les barreaux, sa tête émergea au milieu des tôles de zinc comme de l'écoutille d'un sous-marin. D'où il se tenait il embrassait toute la rue Sainte-Hermine, et même au-delà. Il se hissa d'un mètre. Il réalisa qu'il était facile de se déplacer à travers la forêt des cheminées de toit en toit, d'immeuble en immeuble, et de remonter ainsi jusqu'au bout de la ruelle pour ressortir très loin du numéro vingt-quatre, peut-être même dans une autre rue. C'était par là que les feuilles de papier avaient disparu, pliées en quatre dans la poche de l'homme rouge. Le vertige lui fit tourner la tête, il redescendit, inspecta une dernière fois les lieux ; au moment où il s'apprêtait à partir son regard accrocha quelque chose au pied de l'échelle.

Un bouton. Un bouton brun d'une matière un peu rugueuse auquel pendait encore un morceau de fil. Il s'en saisit. Bizarrement, le contact de l'objet ne lui était pas inconnu. Il avait déjà eu l'occasion de toucher un tel bouton, il en était sûr. Il s'en empara, redescendit au quatrième, entra, s'assit à la petite table, trempa la petite plume et écrivit.

AVIS DE LICENCIEMENT

« ... Nicole s'était repentie. Sa triste aventure l'ayant amenée à faire un retour sur elle-même, elle décida de rompre avec Laurent et de se consacrer désormais au bonheur de son mari. Il n'y eut plus jamais de nuage entre eux, et le génie put retourner dormir dans sa bouteille. »

Au moment où il traçait ces lignes quelque chose se réveilla en lui, un remous au plus profond de son être, une vibration de révolte qui lui fit crisper les doigts sur le petit manche décoloré du porte-plume.

« C'est faux ! hurlait la voix au creux de son cerveau, tu sais bien que c'est faux ! Ils n'ont pas été punis ! Pas assez ! Et toi, tu les amnisties parce que tu es lâche et que tu n'as pas la force d'aller jusqu'au bout ! »

Il s'interrompit pour se passer la main sur le visage. Il était en sueur. Il se sentait coupé en deux, déchiré, une partie de son intelligence lui criait de mettre fin à ce jeu dangereux, d'oublier, de pardonner, de rejeter définitivement hors du champ de sa conscience l'étrange cérémonial auquel il s'était par deux fois plié, mais quelque part dans un autre lobe, une plainte courait de circonvolution en circonvolution, une clameur sauvage qui appelait la vengeance.

« Ne cherche pas à comprendre, disait la voix, jouis de la chance qui t'est offerte ! Punis ! Venge-toi ! Laurent ! Ta femme ! Et puis après LES AUTRES ! Car tu sais bien qu'il y a les autres ! Tous ceux qui attendent de comparaître à la barre des accusés de ton tribunal intime ! Les critiques qui ne t'ont pas épargné ! Les financiers qui t'ont cherché noise ! Les actionnaires qui ont brisé tes aspirations, te cantonnant au strict domaine "commercial" ! Ils grouillent, ils s'entassent dans les mille petites geôles qui trouent ta tête, ils sont sans cesse plus nombreux tous les jours ! Règle leur compte à Laurent, à Nicole, *et après... !* »

La tentation le dévorait comme un brasier, un non-lieu pour Nicole et Laurent ? Oui, c'est ce qu'il était en train de signer, une ordonnance de lever d'écrou. Il les libérait à peine égratignés alors qu'il y avait encore tant de choses à faire : un accident de voiture pour Laurent, les deux jambes fracassées le condamnant aux béquilles à perpétuité ; les cheveux rasés pour Nicole, puis une vilaine balafre en travers de la joue, une méchante plaie aux bords déchiquetés (*Oh ! ma pauvre chérie ! TU ÉTAIS si jolie ! Enfin, estime-toi heureuse, ce n'était pas du VITRIOL !*)

Oui, les terroriser, jour après jour. Réaliser dans la vie ce que tous les cocus se contentent de rêver ! Car il avait le POUVOIR ! Et ce pouvoir il était en train d'y renoncer, de le déléguer à quelqu'un d'autre, qui sait ? Et si le « génie » allait proposer ses services à la partie adverse ? Il imaginait Laurent (ou Nicole) recevant à leur tour un manuscrit anonyme :... *Vous trompez votre meilleur ami (votre mari)...* Et puis, très rapidement, la valse des hypothèses alléchantes : « Si Georges disparaissait, nous pourrions enfin vivre ensemble, chéri (e) !» Il voyait Nicole et Laurent, l'un contre l'autre dans le lit de l'hôtel de la rue Saint-Amar. *Tu hériterais de lui, non ? Il n'a plus de famille ? Les éditions, ça représente un sacré paquet !* ou alors : *Il me*

fait horreur, tu ne peux pas savoir ! Je ne peux plus
supporter qu'il me touche. Il ne voudra jamais divorcer,
profitons de la chance...

La tête lui tournait. Il se sentait aussi ivre qu'après
une demi-bouteille de gin. Allait-il abandonner ? Se
replier vaincu avant d'avoir livré bataille, rappeler ses
troupes aux premières escarmouches ? La tentation
était en lui comme une marée de lave. Il luttait, tentant de réconcilier ces deux parts antithétiques de
lui-même qui s'éloignaient l'une de l'autre à toute
allure comme les bords respectifs d'une crevasse se
dilatant de seconde en seconde, d'abord fissure, puis
ravin, abîme enfin où s'engloutissent des villes entières, des mondes...

Il se rendit compte qu'il avait crié, quelque chose
d'incompréhensible, de viscéral, un aboiement venu
du ventre comme en poussent les déments. Du même
coup, il retrouva son unité, l'horrible blessure scin-
dant sa tête disparut sans cicatrice.

AVIS DE LICENCIEMENT. L'encre avait souillé le
papier de festons baveux. Il n'avait pas le courage
d'aller plus loin. Il se redressa, la chaise tomba dans
un épouvantable fracas. Dehors il démarra, fit demi-
tour.

Pendant tout le trajet de retour il fut préoccupé par
sa trouvaille. Il avait posé le petit rond de bakélite sur
le dessus du tableau de bord et y jetait de fréquents
coups d'œil. Il était de plus en plus certain d'avoir
aperçu ce bouton sur quelqu'un de son entourage.
Mais il voyait tellement de monde... UN VÊTEMENT DE
JEANNE ? Il frissonna. Pourquoi cette pensée idiote lui
traversait-elle subitement l'esprit ? Quand Jeanne
était morte qu'avait-il fait de ses rares habits ?

Il crispa les doigts sur le volant. Il aurait été bien
incapable de le dire. Il lui semblait avoir demandé à la
femme de ménage de l'en débarrasser, puis devant la
répugnance visible de cette dernière à endosser ou
même manipuler les effets d'une morte, il croyait se
rappeler avoir bourré quelques sacs en papier qu'il

avait abandonnés sur le bord de la route, devant la villa, avec l'espoir qu'un vagabond, qu'un chiffonnier, y trouverait son bonheur avant le passage des bennes à ordures municipales. Quelqu'un avait-il récupéré ces reliques pour s'en affubler aujourd'hui, cinq ans après ? N'avait-il pas lu quelque part que, dans certaines contrées, *l'homme chargé de faire couler le sang de la vengeance endosse la chemise du mort et ne la quitte que le jour où justice est faite ?*

Une véritable panique souffla son vent glacé sur sa nuque et il s'imagina l'homme en rouge, portant sous son blouson de cuir les vêtements de Jeanne distendus aux coutures par sa trop forte corpulence comme une sorte de surplis barbare, de défroque sacrificielle. Peut-être, en ce moment même, marchait-il quelque part, dans l'accoutrement sinistre d'une femme morte depuis plusieurs années, lugubre travesti de l'ombre flairant par instants l'étoffe de ces vêtements démodés pour y retrouver l'odeur de celle qu'il cherchait aujourd'hui à venger ? Cette évocation morbide le terrifia. Peut-être même avait-on laissé ce bouton comme un signal, comme une provocation, ON s'était bien douté qu'un jour ou l'autre il essaierait de savoir, d'enquêter, alors ON avait disposé à son intention cet indice abominable, ce souvenir malsain !...

Il regardait le bouton, ignorant la route qui défilait dans la grisaille d'une pluie morne. Il n'osait même plus le toucher. La garde-robe de Jeanne avait toujours été incroyablement réduite, quelques pulls, une jupe ou deux, une veste, un manteau... De quelles couleurs ? Il n'arrivait plus à s'en souvenir, marron ? Peut-être. Sûrement. Jeanne n'affectionnait que les teintes sans éclat, ternes. Du gris, du brun ; jamais de rouge, de bleu... A présent il tremblait franchement. Le bouton était là, comme un sceau maléfique, une médaille occulte ou le pion de quelque jeu effroyablement compliqué. Il avait peur, une peur affreuse de l'inconnu, de l'incompréhensible. Il avait la bouche sèche, pleine de sable, de cendre. Il quitta la route, s'arrêta au premier café pour boire un cognac, puis un autre. Il fallait qu'il s'anesthésie le plus rapidement possible, qu'il gomme l'ombre de Jeanne, l'ombre de la mort. On s'était amusé à lui faire croire qu'il était le maître, mais il ne commandait rien, il n'avait jamais rien décidé. Douche froide, douche chaude, douche froide. Le vieux principe fonctionnait à merveille. On croit tirer les ficelles d'une marionnette et on finit par découvrir qu'on n'est soi-même qu'une autre marionnette. Il renouvela sa commande. L'alcool agissait, le brouillard se levait, estompant ses pensées. Lorsqu'il reprit le volant il ne voyait plus la route que sous la forme d'un ruban agité de déformations permanentes, une sorte de boa gris, rayé d'une interminable ligne jaune et ondulant au ras du sol à la poursuite d'une proie, un automobiliste peut-être ? Il n'atteignit la villa que pour mieux se jeter dans son fauteuil et sombrer dans un sommeil agité, peuplé de cauchemars troubles.

12

Il ne s'éveilla que le lendemain matin, comateux, la bouche farineuse et l'estomac noué par la faim.

Il réalisa avec stupeur qu'il avait dormi près de vingt-quatre heures d'affilée ! Il décida de s'aérer, procéda à une rapide toilette et quitta la maison. Il pouvait être huit heures, le jour n'était pas encore levé et les vitrines des commerçants étaient toutes illuminées. Il se surprit à penser « Bientôt Noël ! », et cette évidence avait quelque chose de lugubre.

Il alla jusqu'au café de la gare où il déjeuna copieusement, engloutissant force croissants et « petits noirs ». Il lui semblait qu'il aurait pu continuer à manger une journée entière tant son ventre avait pris les proportions d'un gouffre. Il décida de s'arrêter quand les regards curieux des consommateurs commencèrent à le prendre pour cible. Après avoir payé il remonta doucement vers la villa, indifférent aux gouttes serrées de l'averse qui martelaient les pavés, transperçant le fin lainage de sa veste.

Une mauvaise surprise l'attendait sur la table du hall, là où la femme de ménage venait de déposer le courrier, sous la forme d'une enveloppe froissée. Une enveloppe timbrée mais non oblitérée qu'on avait dû glisser dans la boîte suspendue au portail sans avoir recours aux services postaux. Elle portait son nom en caractères dactylographiés ainsi que la mention : PERSONNEL-URGENT.

Fébrilement il arracha le coin supérieur droit, plongea la main... Le pli contenait deux moitiés d'une feuille de papier rageusement déchirée et sur laquelle on pouvait lire :

AVIS DE LICENCIEMENT

« Nicole s'était repentie. Sa triste aventure l'ayant amenée à faire un retour sur elle-même, elle décida de rompre avec Laurent... »

Il s'arrêta de lire, au comble de la terreur. C'était la page rédigée sur le guéridon de la rue Sainte-Hermine. On avait rajouté quelques lignes sur l'un des fragments :

« La solution du problème se trouve en ce moment à l'hôtel de la rue Saint-Amar, dépêchez-vous avant qu'elle ne disparaisse à jamais... »

Sans plus réfléchir il se rua sur le perron. Il ne savait plus ce qu'il faisait.

Il marcha dans le parc, arpentant la pelouse en long et en large, souillant le bas de son pantalon. Et soudain un doute atroce le fusilla au milieu des feuilles mortes. Le dénouement approchait, il en était sûr. Non ce n'était pas Nicole et Laurent qu'il découvrirait rue Saint-Amar, mais quelque chose DE PIRE !

Il éternua. Ses vêtements trempés formaient sur son corps une gangue cartonneuse et lourde. Il n'avait pas le temps de se changer, porté par une soudaine impulsion il se glissa au volant de la voiture, démarra et prit le chemin de la capitale.

La rue Saint-Amar était déserte. Seul le chat blanc attendait à la même place, figurine d'un jeu inconnu qu'on avait oublié de bouger ou qu'on gardait en réserve. Derrière lui, dans les profondeurs glauques de la vitrine, un échiquier d'ivoire luisait doucement, signe ou coïncidence ?

L'hôtel était là. La porte pivota sans grincer. Déjà il se trouvait dans le hall. Il se rendit subitement compte qu'il n'avait préparé aucune excuse, aucune stratégie pour aborder le concierge.

L'homme arriva. Petit, corpulent, quelques mèches blondes encore accrochées aux tempes.

— Monsieur ?

Georges fit un pas. Pendant tout le trajet il n'avait pas voulu penser à ce moment, il n'avait rien voulu imaginer pour conserver le courage d'aller jusqu'au bout... Il attaqua :

— Vous connaissez la jeune femme blonde et son ami qui viennent tous les jeudis à quinze heures, je viens de leur part...

Le concierge leva aussitôt les mains au ciel, les traits de son visage s'affaissèrent comme une pâte molle parfaitement rompue aux mines de circonstance.

— Mon pauvre monsieur, vous arrivez trop tard. On a enlevé le corps ce matin.

Georges perdit pied, mais déjà l'employé l'entraînait par le bras vers l'escalier gluant de cire fraîche.

— Ces messieurs sont venus à neuf heures, dame ! ça faisait mauvais effet vis-à-vis des autres clients. On l'a presque fait partir en cachette, si c'est pas malheureux, ce pauvre Grec, c'était tout de même un bon client.

Georges hésita, déglutit :

— Un Grec ?

L'employé eut un geste d'excuse.

— Oui, je sais, il était arménien ou quelque chose comme ça, mais nous, on l'appelait le Grec. C'était affectueux, hein ! vous méprenez pas. Pensez donc qu'il a passé les cinq dernières années dans sa chambre sans jamais sortir. A part vos amis il ne voyait plus personne, le monde l'avait déçu... Mais quel homme ! Un savant !

Georges voyait venir l'horrible méprise, le picotement d'une sueur naissante fourmilla à son front. Devant lui, le préposé ouvrait une porte. Comme un somnambule, il en franchit le seuil. La pièce avait été tapissée avec un velours bleu très sombre. Des cartes astrales couvraient les murs. Il y avait aussi tout un assortiment de très anciens instruments d'astronomie au métal piqué par les ans. Par endroits les livres faisaient comme une muraille. Georges déchiffra quelques titres au hasard : *Nouveau traité de démonologie, Le Grand Albert, Le tarot égyptien*. Un astrolabe de cuivre terni occupait le centre de la chambre. Au-dessus du lit, un damier de sous-verre offrait toute une rétrospective de la vie du défunt : coupures de presse, photos jaunies. Georges se pencha vers ce qui semblait être une carte de visite :

HARKAENYOS DE CARTHAGE
Voyance classique. Contacts avec l'ailleurs.
(*Livre noir, jeu des épingles,
test du miroir brisé, Pyramide celte.*)
Sur rendez-vous.

Georges tressaillit. Harkaenyos... Le nom tournait dans sa mémoire, attendant de s'accoler à un fait, à une date. Il examina les clichés sous leurs vitres poussiéreuses, identifia sans peine différentes personnalités, mortes depuis longtemps déjà, accompagnées chaque fois d'un grand vieillard décharné à la crinière léonine (Harkaenyos ?). En frottant du doigt la couche grise et collante opacifiant les vitres, il eut la surprise de reconnaître des visages illustres : Mussolini, Hitler, de grands financiers américains, des savants même. Des trucages ? Peut-être, peut-être pas.

Dans son dos le concierge attendait, recueilli comme au seuil d'une cathédrale. Sur un petit bureau des liasses de papiers reposaient en équilibre instable, des thèmes astraux griffonnés à la hâte. Un gros volume de cuir à fermoir occupait le centre du sous-main. Georges caressa le titre incrusté : *La clavicule de Salomon*.

— Ça, c'est pour la petite dame du jeudi, commenta le réceptionniste, il a tenu à le dédicacer alors qu'il était presque à l'article de la mort c'est même moi qui lui ai tenu le bouquin pendant qu'il essayait d'écrire...

Georges souleva la couverture. Sur la page de garde quelques lignes tremblées étiraient leur zigzag hésitant :

Pour Nicole, pour Laurent, qui furent les dernières lueurs de joie de mon agonie, et me prouvèrent que je n'étais pas totalement mort à la mémoire des hommes. Ensuite une signature pompeuse, pleine d'arabesques et d'entrelacs baveux, puis un post-scriptum :

Méfiez-vous Nicole, votre thème astral est très mauvais pour la semaine qui vient. Un grand danger. Prendre garde.

Georges ne put retenir un sursaut.

— Ils venaient tous les jeudis, expliquait la voix du petit homme comme à travers une double épaisseur d'ouate, la dame elle interrogeait ce pauvre Grec avec un petit magnétophone. Le monsieur, un médecin à ce qu'il paraît, il constatait les phénomènes. Vous savez, le Grec, il était stigmatisé ! Il avait sur le corps toutes les blessures des grands crimes historiques : les coups de couteau de Jules César, les clous du Christ, la morsure du serpent de Cléopâtre. Si ! Si ! C'est vrai. D'ailleurs le docteur qui venait avec la dame, il pourrait vous le répéter. La jeune femme, elle voulait faire un livre elle disait, un livre scientifique, mais moi, n'est-ce pas ? J'y connais rien.

Georges vacilla. *Harkaenyos de Carthage.* Tout lui revenait à présent. Nicole devant le feu, un épais volume à la main, elle parlait, elle disait : « Tu devrais t'y intéresser, il y a matière à un gros succès commercial ! »... Dieu ! On l'avait fourvoyé de bout en bout ! *Jamais elle ne l'avait trompé !* Et Laurent n'avait fait qu'aider une amie à réaliser un travail qui lui tenait à cœur. Ils avaient œuvré dans le secret, peut-être pour lui faire une surprise, peut-être parce que Nicole redoutait qu'il se moquât d'elle ? Il se sentait mal, il s'assit sur l'unique chaise de la pièce.

— Vous n'êtes pas bien ? s'enquit son interlocuteur. Ça va passer, vous en faites pas. C'est vrai que ça fait un choc. Même nous on s'était habitué à lui. Il nous tirait les cartes, nous faisait de petits horoscopes. Et souvent ça arrivait ! Tenez, l'Antoinette — la femme de chambre — il lui avait dit : « Préparez-vous à un malheur, j'ai vu le signe au-dessus de votre tête ! » Eh bien, à la fin de la semaine, son fils qu'était militaire dans les paras, il s'était fracturé le bassin au cours d'un saut. Aussi vrai que je vous le dis. Il avait le don, pour sûr !

Georges se redressa, sortit dans le couloir. Le concierge se taisait, respectant ce qu'il croyait être sa douleur. Il y eut un trou noir, et Georges ne sut jamais comment il avait fait pour quitter l'hôtel. Il reprit conscience dans la rue, à quelques mètres du chat blanc. L'animal avait couché ses oreilles en signe d'angoisse, comme si ses moustaches captaient une émission d'ondes négatives en provenance de l'homme. Ses pupilles se dilataient intensément jusqu'à devenir deux gouffres de ténèbres.

Georges tituba. Bon Dieu ! Il avait besoin de boire un coup pour se remettre, sinon il allait tomber en syncope ! Un verre, rien qu'un. Quelque chose de léger. Non ! Il ne fallait pas ! Il se retourna avec la sensation d'un regard rivé sur sa nuque, mais il n'y avait que le chat blanc goguenard au seuil de sa boutique. Boule de poils sans pattes aux yeux de charbon.

Il rentra dans un café, commanda un gin-fizz. A quoi bon résister puisque tout était écrit ! Il avait pu le lire sur la première page du grimoire, tracé de la main même du mage : *Nicole ! Un grand danger, pren-*

dre garde ! Et dire que quelques jours auparavant il l'avait livrée à une brute ! *Il lui avait imposé l'étreinte d'un...*

Il but. Sa découverte l'avait sonné. Sa vision perdait lentement tout pouvoir de mise au point, sa main devenait floue, le monde brumeux comme dans sa jeunesse. Il interpella le garçon pour lui demander des boules Quiès. S'il avait pu se procurer des boules Quiès son bonheur aurait été complet. Le serveur se détourna avec un haussement d'épaules. Georges s'accrocha au comptoir. Il chercha dans sa poche les petites pastilles jaunes. Le destin. Que pouvait-il contre le destin ? Il jeta un bref coup d'œil par la vitre, il ne vit que du blanc. Peut-être le pelage du chat devenu immense ?

— Allez, ça suffit ! tonna le patron de l'établissement, payez et allez vous droguer ailleurs !

Il réussit à extirper une coupure de son portefeuille et tituba sur les pavés. Le destin était en marche. Il se vit subitement sous les traits d'un tenancier de baraque foraine, d'une loterie dont la roue aurait été le cercle d'un thème astral. Et le disque tournait, tournait... « Venez ! Venez tous ! On gagne à tous les coups. Permier lot : une agression nocturne, deuxième lot : un viol dans les règles ! troisième lot... Troisième lot ? La honte ? Le remords ? LE SUICIDE ? !»

Sa joue râpa le salpêtre d'un mur, glissa à la surface gluante d'une affiche dont la pluie détrempait la colle...

Il avait fait le mal, gratuitement, stupidement. Aussi désarmé qu'un aveugle égaré dans un labyrinthe, il s'était laissé manipuler sans pitié. On l'avait poussé à douter des autres, à les haïr, à les faire souffrir injustement. Il s'était mis à détester des innocents, il s'était ingénié à les torturer. Bourreau téléguidé par un autre bourreau, il n'avait épargné personne. On l'avait dupé, magistralement, magnifiquement, le laissant aujourd'hui seul face à des remords. Mais pourquoi ? POURQUOI ?

13

Georges s'arrêta à l'entrée du passage Sainte-Hermine, comme si une ligne frontière bien réelle isolait soudain la ruelle du reste du monde. Il hésita, considérant ses chaussures poussiéreuses avec la même attention qu'un amateur de Go se penchant sur ses pions. Dans sa poche droite le revolver subtilisé à Nicole pesait, tirant l'étoffe, martelant sa hanche à chaque pas. Que venait-il chercher ? Une explication ? Une conclusion logique ? Il avait froid. Derrière les façades noircies, le ciel tirait une toile de fond gris sombre, uniforme et sans relief. Il avança, trébuchant sur les pavés inégaux, surplombé de chaque côté par la masse des immeubles désertés. Au numéro vingt-quatre aucune fenêtre ne brillait plus, la maison avait rendu ses derniers naufragés. Il s'engouffra sous le porche, tâtant du bout de ses doigts gourds les flancs de crosse du pistolet constellés d'éraflures. Les marches menant au palier lui apparaissaient aujourd'hui comme les cases d'un jeu de l'oie, il les escalada lentement. Pesant de tout son poids à chaque degré pour en extirper tous les craquements. La porte verte grossissait. Il sortit l'arme, ramena le chien en arrière avec un grincement de ressort un peu comique. Il songea que s'il ouvrait le battant d'un coup de pied il aurait l'air parfaitement ridicule et décida finalement de tourner la poignée...

A l'intérieur, assises en demi-cercle autour du guéridon, trois personnes l'attendaient : *L'homme rouge, Jeanne, et l'enfant noir*...

Trompé par la pénombre, il faillit tirer, puis — ses yeux s'accoutumant à l'obscurité — il réalisa qu'il s'agissait de mannequins grossiers. Des poupées de chiffon de la taille d'un homme auxquelles on avait passé un certain nombre de vêtements. Un jean, un blouson de cuir et une cagoule écarlate pour le « génie », un manteau, un béret et une écharpe pour l'enfant noir.

Quant à « Jeanne », on l'avait affublée d'une robe terne, d'un imperméable semé de taches et d'une casquette informe. Lorsqu'il se fut suffisamment approché il vit que l'un des boutons du trench-coat manquait. Un bouton brun coulé dans une matière un peu rugueuse. Il frissonna. C'était bien les vêtements de Jeanne, ceux qu'il avait abandonnés au bord de la route cinq ans plus tôt. A présent il les reconnaissait. La casquette notamment dont il avait prié maintes fois la jeune femme de se débarrasser (« Elle te donne un de ces genres ! Si tu te voyais ! »)...

Il s'adossa à la paroi, face à ce tribunal de pantins maladroitement cousus, et qui lui rappelaient ces mannequins dont on use pour dresser les chiens à l'attaque...

Quelques feuillets occupaient le centre du guéridon, il les prit, essayant de contrôler les tremblements agitant ses doigts. La conclusion. C'était logique ! Le dernier paragraphe du roman anonyme... Il sortit sur le palier, s'assit sur une marche, et commença à lire...

Epilogue

« ... Mon nom a peu d'importance. Il fut associé à celui de Jeanne sous forme de pseudonyme, à une certaine époque. Plusieurs années avant qu'elle ne vous rencontre, lorsque nous signions ensemble des romans pour la jeunesse. Inutile de chercher, vous ne me retrouverez pas, et d'ailleurs vous n'en aurez pas le désir. Comme vous l'avez sûrement deviné j'ai vécu avec Jeanne, j'ai aimé Jeanne d'une passion véritable. Je sais qu'elle ne m'accordait en retour qu'une tendresse amusée, mais là n'est pas la question. Quand elle a manifesté le désir de se marier avec vous, je me suis effacé. Je n'avais pas de droits sur elle. Je sais aujourd'hui que j'ai eu tort. Elle vous a épousé, non parce qu'elle vous aimait, mais par désir de se "normaliser", de retrouver une certaine conformité. Je crois pouvoir dire sans grand risque de me tromper qu'elle avait peur d'elle-même, de ce bouillonnement mental qui l'habitait et la submergeait par moments. Déjà, à l'époque où nous vivions ensemble elle avait eu des... "crises". A une ou deux reprises. Elle en était ressortie terrifiée, n'aspirant plus qu'au suicide. Je l'ai aidée de mon mieux, mais elle refusait de consulter un spécialiste, d'entreprendre une analyse. "Elle n'était pas folle !" prétendait-elle. Mon insistance a sûrement hâté notre rupture. Elle s'est jetée vers vous qui ne saviez rien d'elle, qui ne l'aviez jamais vue "diminuée". Elle a pensé qu'une alliance, qu'un nouvel état civil suffirait à faire régresser le mal. Elle s'est précipitée sur la normalité comme sur une bouée de sauvetage, espérant qu'une vie somme toute banale balaierait les forces noires qui l'assaillaient de plus en plus fréquemment. Sans doute dans les premiers temps, le choc psychologique dû à la nouveauté de sa situation a-t-il suffi à tenir la folie en échec, à la contenir. Puis tout a recommencé. Au lieu d'aller vers vous elle s'est cachée, elle s'est efforcée de dissimuler ses problèmes comme une tare honteuse. Vous étiez trop aveugle, devrais-je dire trop borné, pour supputer le danger. Et quand la vague a déferlé, VOUS L'AVEZ LAISSÉE SEULE ! préférant vos sacro-saintes affaires à l'équilibre de votre femme, vous l'avez laissée s'enfoncer, couler, sans lui tendre la main. Vous n'étiez soucieux que du scandale possible, des contrecoups financiers, de la publicité négative que la presse ne manquerait pas de faire autour du cas de Jeanne... Vous l'avez poussée sur la pente du suicide, par votre égoïsme, votre stupidité et votre incompétence. Comment suis-je au courant de tout cela ? Parce que Jeanne, se sentant délaissée, avait besoin d'un confident, et que, les heures de grande détresse, elle me recevait à la villa alors que vous restiez absent des journées entières, vous réfugiant dans votre travail comme dans un alibi. Sentant monter la folie, elle m'a appelé à son secours. Elle avait très rapidement compris, en effet, qu'elle ne pouvait attendre aucune aide de vous... Elle me téléphonait, m'écrivait. A la fin, n'en pouvant plus, je suis venu m'installer dans votre ville ! J'ai pris mes quartiers à la pension Bleue, place de l'Eglise, ainsi j'étais tout près d'elle. J'ai suivi toutes les phases du drame, impuissant, car déjà il était trop tard. Et puis je crois qu'au fond d'elle-même elle n'accordait qu'une importance très relative à ma présence. C'était VOUS qu'elle visait à travers moi, c'était de VOUS qu'elle attendait du secours. Je n'étais qu'un SUBSTITUT, un simulacre de mari, un mannequin...

« Lorsqu'elle a compris que vous aviez peur d'elle, que vous la rejetiez avec dégoût, elle a voulu vous tuer. Je ne l'en blâme pas. Après, tout s'est passé très vite. Elle s'est enfuie, a loué une chambre dans un hôtel et a écrit en une nuit l'histoire de l'enfant noir. Le chapitre 1, celui qui vous a probablement terrifié. Elle vous avait observé. Dans ses moments de lucidité elle était douée d'un sens de l'analyse hors du commun. Elle avait su interpréter le moindre de vos gestes, recomposer vos pensées les plus secrètes. Et puis vous rêviez, mon cher, à voix haute de préférence. Ce sont ces bribes de vérité arrachées à votre insu qui lui ont fait le plus de mal. Elle y a vu le portrait que vous vous faisiez d'elle, les défenses que vous dressiez pour la repousser. VOS MOTIVATIONS SECRÈTES. Quand vous criiez : "Non, papa, il ne faut pas qu'on sache ! Je sauverai les éditions, je te le jure !" Elle ne se faisait plus aucune illusion sur votre coopération...

« Je l'ai rencontrée au matin dans un café. Elle m'a remis le manuscrit sous enveloppe sans me dire de quoi il s'agissait, et a disparu dans la foule. Je pense qu'elle avait rédigé cela comme un exorcisme, comme si son talent allait lui permettre d'extirper les diables qui s'agitaient en elle. Elle a rapidement compris son erreur puisqu'elle s'est suicidée dans la matinée.

« J'ai cru que j'allais devenir fou. On ne parlait plus que de cela en ville. Un moment j'ai pensé vous tuer. Je me suis rendu à la villa, je me suis caché dans le parc pour vous épier, incapable de passer à l'action. Vous abattre à cet instant précis ne m'aurait apporté aucun soulagement, vous n'aviez plus rien d'humain. J'ai cru en vous observant voir se contorsionner une marionnette. Quand vous avez achevé de brûler le dernier souvenir de Jeanne, je suis parti. Je vous ai surveillé quatre jours durant, ne quittant plus ma voiture, ne sachant que faire, campant presque devant votre demeure. Vous m'avez vu à l'époque, vous m'avez croisé, mais peut-être m'avez-vous confondu avec un journaliste régional ?

« Au moment où je quittais la ville, j'ai aperçu votre silhouette qui se défaisait des vêtements de Jeanne sur le bord de la route. Encore une fois, j'ai hésité à vous écraser... J'ai récupéré les deux sacs, en me promettant de vous faire payer votre lâcheté, de vous faire souffrir.

« Mes nerfs ayant été terriblement ébranlés, j'ai fait un séjour assez long dans une maison de repos, puis je suis parti travailler à l'étranger. J'en reviens.

« J'ai appris que vous étiez remarié, et que vous l'aviez fait très rapidement. A une vitesse indécente, devrais-je dire. Vous étiez bien dans votre nouvelle peau, content de vous-même. Célèbre. J'ai décidé qu'il était temps de régler nos comptes.

« Je vous ai traqué patiemment, notant le moindre de vos gestes, vos habitudes, vos fréquentations. Puis j'ai fait de même pour votre femme (*qui vous est stupidement fidèle, soit dit en passant*), pour votre meilleur ami. Je cherchais l'inspiration, le déclic, quelque chose qui soit digne de Jeanne. Un moment j'ai cru que Nicole et Laurent vous trompaient. Leurs allées et venues dans ce petit hôtel, que vous connaissez bien à présent, semblaient se placer sous le signe du cocufiage, mais une rapide enquête m'a prouvé qu'il n'en était rien. Tous deux s'affairaient à la préparation d'un livre ridicule qui, m'a avoué le fameux Harkaenyos de Carthage, devait sortir sous pseudonyme chez l'un de vos concurrents ! (La digression est savoureuse !) J'ai songé que vous vous laisseriez abuser par les apparences, comme j'avais failli l'être moi-même, mais qu'à la différence votre lâcheté vous interdirait toute velléité d'enquête. J'ai eu raison...

« Le quiproquo avait quelque chose de délicieux : il me permettait de faire passer pour coupables deux innocents. Car il n'y a jamais eu qu'un coupable dans cette affaire : Vous.

« J'ai attendu la Sainte-Jeanne pour vous faire parvenir la copie du manuscrit de l'enfant noir auquel je m'étais contenté de rajouter un bref appendice évoquant la mort de VOTRE femme ainsi que vos efforts pour détruire toute trace de ses travaux artistiques...

« Voilà. Vous connaissez le reste. Il m'a plu, moi auteur, de vous affronter sur mon terrain qui est aussi le vôtre. J'ai pris un extrême plaisir à vous voir sombrer dans l'alcoolisme et la confusion mentale, à vous pousser à la haine, à la destruction. Je suis devenu votre instrument fidèle, obéissant : agresseur nocturne, VIOLEUR. Agissant à votre place, prenant le relais de votre lâcheté. Il vous était facile d'éviter le piège : une explication avec Nicole, un esclandre à l'hôtel, et la vérité éclatait... Mais vous n'en aviez pas le courage, c'est votre lâcheté qui a rendu tout possible, votre couardise... Celle qui vous a fait abandonner Jeanne à elle-même. Vous méritez votre sort. Il aurait suffi de pousser la porte de l'hôtel, d'exiger le numéro de la chambre et de monter. Toute la machine se serait alors écroulée. Vous auriez découvert Nicole, le magnétophone sur les genoux, et l'autre sorcier de pacotille bavochant ses souvenirs de mythomane chronique. Mais non ! Vous avcz laissé passer votre chance, et la grille du piège s'est refermée derrière vous.

« J'ai attendu chacun de vos ordres, bivouaquant dans la maison qui fait face à celle-ci, avec des provisions, un sac de couchage de l'armée, une paire de jumelles. J'ai bondi à chaque bruit de moteur s'engageant dans la ruelle, sachant bien qu'il ne pouvait s'agir que de vous. Je vous ai torturé, patiemment, nonchalamment. Jouant avec vos fantasmes de puissance, votre rage destructrice larvée. Vous avez suivi votre pente, comme je le prévoyais. Vous êtes devenu un CRIMINEL, un monstre. J'ai battu votre ami, *j'ai violé votre femme* SUR VOTRE ORDRE ! ! ! La mort prématurée d'Harkaenyos m'a toutefois contraint à abréger un jeu que j'espérais plus long. Mais je voulais vous faire toucher votre erreur du doigt, j'ai donc été obligé de suspendre les réjouissances.

« Voilà, je vous rends votre liberté, je vous dégage de la toile d'araignée où vous étiez empêtré, et que vous avez en grande partie vous-même tissée. Qu'allez-vous faire ? Comment allez-vous vivre ? Le remords est en vous, plus implacable que le cancer. J'espère qu'il vous détruira à long terme, comme vous avez détruit Jeanne.

« Vous ignorez mon visage, mon nom. Nous nous rencontrerons probablement bientôt dans l'un de ces cocktails littéraires que vous affectionnez. Peut-être vous raconterai-je une anecdote amusante ? Peut-être vous passerai-je obligeamment une coupe de champagne ?

« Oui, peut-être. Mais je serai le seul à savoir ! »

FIN

Georges se redressa mécaniquement, froissa les six feuillets dactylographiés que la sueur de ses paumes avait détrempés, et descendit les marches. Dehors il faisait froid. Un vent glacial s'engouffrait dans le passage Sainte-Hermine, poussant devant lui vieux journaux et papiers gras. Il remarqua soudain une rangée d'excavatrices dont la file, quasi militaire, emplissait le fond de la ruelle. Les bulldozers jaune citron attendaient, lame baissée, un ordre de destruction générale qui ne tarderait plus à venir. Il leur tourna le dos et marcha vers la voiture. Le pistolet cognait contre sa hanche.

14

Georges appuya son front contre la vitre glacée, très vite sa chair s'insensibilisa, formant au creux de ses rides une sorte de point mort, de nodule étranger, comme si on lui avait cousu un carré de cuir entre les sourcils. Il lui sembla qu'il revenait trente-cinq ans en arrière ; la ville était une île déserte, un bateau échoué sur les hauts-fonds, une coque éventrée par les dents de scie des récifs. Autour il n'y avait plus rien qu'une immensité floue, un territoire sans fin aux noms interchangeables et sans signification. Il fallait bouger, remuer, faire quelque chose... Son cerveau malaxa l'information comme une pâte molle, incapable de transformer cette étincelle de volonté en impulsion motrice et son corps demeura figé, inerte, lourde statue de plomb. Les bruits inhabituels de la villa ne lui parvenaient plus qu'assourdis, freinés par un incompréhensible épaississement de l'air. Une crampe qui menaçait de devenir intolérable vrillait sa nuque, chevauchant ses omoplates. Il ne savait plus depuis combien de temps il regardait par la fenêtre, d'ailleurs ses yeux, cessant toute mise au point, avaient adopté une fixité minérale de prothèse oculaire.

Dans un sursaut convulsif il réussit enfin à s'arracher à son hypnose. Cet effort le laissa pantelant, les nerfs à vif. Au bout de quelques minutes il reprit le contrôle de ses muscles et put commander à ses jambes. Il marcha vers la porte du bureau, gagna le couloir.

Ces opérations avaient quelque chose d'effroyablement compliqué qui exigeait une tension constante de toute la personnalité. Il avait l'impression de se trouver soudain au volant d'un véhicule monstrueux, une machine d'une extrême sophistication conçue pour défier les lois de la physique. Après plusieurs siècles de ce pilotage insensé il atteignit la chambre de Nicole. La porte en était fermée. Il n'eut pas besoin de toucher la poignée pour deviner que la clef se trouvait dans la serrure. Il n'eut pas le courage de frapper. Des bruits de sanglots traversaient le battant, des reniflements entrecoupés de hoquets nerveux. Nicole ne quittait pratiquement plus sa chambre. Depuis... « l'agression », elle était atteinte de la manie du verrou, fuyant résolument les pièces dépourvues de loquet, s'enfermant dans la salle de bains tout le temps que durait sa toilette. Georges avait d'ailleurs noté qu'elle prenait depuis quelque temps un nombre invraisemblable de douches, comme si elle essayait désespérément de se laver d'une invisible souillure. Ces savonnages incessants et prolongés avaient fini par provoquer une desquamation de l'épiderme aisément visible sur le dos des mains. En était-il de même sur tout le corps ? Georges n'aurait pu le dire car Nicole, jadis si impudique, ne laissait plus apparaître le moindre lambeau de peau, allant jusqu'à se cadenasser dans d'invraisemblables chemisiers de toile rêche dont le boutonnage serré s'élevait du nombril au menton. De même elle répugnait désormais aux contacts physiques les plus élémentaires, et ne serrait la main de la femme de ménage qu'avec un dégoût mal réprimé.

Il se résolut à frapper deux coups timides. Que cherchait-il ? Que mendiait-il ? Quelle impossible absolution ? Le silence seul lui répondit. Nicole avait cessé de pleurer. Enfin, au bout d'une interminable minute une voix monta, mal affermie, artificielle :

— Oui ?

— Ça va ?

— ...

155

— ...

— Nicole ?

— Oui. Une migraine... Laisse, ça va passer...

Elle avait parlé avec répugnance, comme si la sonorité des mots lui salissait la bouche. Il l'imagina une seconde, penchée au-dessus du lavabo, se rinçant les dents avec un produit antiseptique... Il délirait. Il se secoua et amorça son demi-tour, épuisé à la seule idée de la longueur du couloir. Fixant ses pieds, il prit la direction du téléphone, aborda aux rives de l'appareil après une interminable croisière en travers du tapis. Le numéro de Laurent cliqueta sur le cadran. Une sonnerie. Deux sonneries... Trois. On décrocha.

— Oui ?

— C'est Georges...

— Salut vieux. J'aurais dû t'appeler depuis un moment, excuse-moi... Pas vraiment la forme...

— Tu vas mieux ?

— Oui et non. Les hématomes ça se résorbe, rien de bien terrible...

Une réticence perçait dans la voix du médecin, Georges sentit qu'il devait insister. Il le fit avec un plaisir un peu morbide, comme on titille une dent malade. Il ne voulait rien s'épargner, toucher le fond, plonger les mains dans la vase.

— Des suites imprévues ?

Laurent buta, se racla la gorge.

— Je ne sais pas encore. Des maux de tête, des troubles visuels qui persistent. Je ne vais pas t'assommer sous les termes techniques. Peut-être une lésion du lobe cervical... J'attends les résultats des examens.

— C'est grave ?

— Peux pas dire encore. Il faudra peut-être que je ferme le cabinet durant un certain temps.

— Si tu as des problèmes financiers tu sais que tu peux compter sur moi... (Salaud ! Hypocrite !)

Le silence se fit plus lourd, strié de parasites et de conversations lointaines.

— Laurent ?

— Ouais. Merci, mais ne cours pas acheter de canne blanche, on n'en arrivera peut-être pas là ! Merci vieux, merci. Je te tiens au courant. Allez, salut !

— Salut...

Le combiné vint mourir sur le berceau avec une sonnerie argentine. Fin du round. Georges réalisa qu'il était en sueur. Une sourde jubilation montait en lui. Le plaisir noir de la souffrance. « Ça vient ! songea-t-il, ça vient ! La note à régler, avec les intérêts, les taxes et les frais de dossier... »

Dans un éclair de lucidité il se demanda si, tout au fond de lui-même, une partie de son esprit ne réclamait pas le pire, n'exigeait pas la catastrophe. Ne souhaitait-il pas plus ou moins la cécité de Laurent, la folie de Nicole ? Il ricana. C'était exactement ça ! Aggraver les plaies pour mieux souffrir ! *Pour mieux expier...*

Il frissonna, ses remords empruntaient d'inquiétants chemins de traverse, s'enlisaient dans le plus répugnant des masochismes. Il faudrait redresser la barre, en venir à de plus dignes extrémités. Mais en était-il seulement capable ? N'était-il pas voué à la bassesse de manière irrémédiable ?

Il essaya de déjeuner mais son estomac refusa toute contribution. La vue même d'une tasse de café souleva dans son ventre une tempête de spasmes. La masse froide et laquée du réfrigérateur prenait brusquement des allures obscènes, il s'en écarta avec répugnance la gorge verrouillée par une boule invisible, et se rua hors de la maison. La pelouse spongieuse clapota sous ses semelles. Obéissant à une impulsion irraisonnée il ouvrit la portière de sa voiture, se glissa au volant. Comme un drogué qui part en quête de son revendeur attitré il mit le contact, franchit la grille, et prit mécaniquement la direction des boulevards de ceinture. Une demi-heure plus tard il se garait à l'entrée du passage Sainte-Hermine. Tout de suite il buta sur une barrière métallique flanquée de l'inscription : *Chan-*

tier interdit au public. Des ouvriers coiffés de casques jaunes occupaient l'impasse, charriant pelles et pioches. Un nuage de poussière blanche flottait au-dessus des décombres, mélange de plâtre et de pierre broyée. Les bulldozers travaillaient de la lame, effaçant murs et cloisons, élevant de part et d'autre de la route des montagnes de gravats. Le canyon de façades noircies avait fait place à un paysage lunaire, une plaine de briques concassées sillonnée par les balafres des chenillettes. Il ne restait rien du théâtre de l'homme rouge, le décor venait d'être démonté. Georges demeura stupide, les bras ballants, décontenancé. Il comprit que la représentation était terminée. L'auteur anonyme avait repris sa place dans la foule, il n'y aurait pas d'épisode supplémentaire.

— Monsieur, faut pas rester là ! mugit un contremaître, vous gênez !

Georges recula sans un mot. Plissant les yeux il tenta d'inspecter les débris, cherchant un objet, une trace. Mais il ne vit rien, ni le petit guéridon, ni les mannequins sinistrement accoutrés. Le chaos les avait engloutis plus sûrement qu'un séisme.

« Il ne reste que toi », songea-t-il lugubrement, « que toi ! »

Le chef de chantier vociférait. Georges battit en retraite, plongea à l'abri de la voiture. Il avait espéré un dernier message, un signe, quelque chose... Idiot !

... *Car la suite ne pouvait être écrite que par lui...* La phrase dansait sous ses yeux. Les derniers mots du « Troisième chapitre », la formule maudite qui avait tout déclenché... Georges savait qu'elle disait la vérité. Aujourd'hui, plus que jamais, la suite ne pouvait être écrite que par lui. Un court additif, une scénette pour un personnage : lui-même. Il se devait de tracer le point final, de clore le manuscrit de manière définitive.

Il démarra. Le passage Sainte-Hermine avait cessé d'exister, il songea que bientôt il en serait de même pour lui. Il s'en trouva curieusement soulagé.

15

Georges avait cessé de s'alimenter depuis deux jours. Un début d'anorexie lui rendait l'idée même de la nourriture insupportable. Il s'était isolé dans son bureau. Là, effondré dans un fauteuil, les doigts écartés sur le buvard du sous-main, il restait de longues heures immobile, suivant d'un œil mort le ballet du vent dans les branches dénudées du parc. Un tic nerveux faisait parfois tressauter sa lèvre supérieure, dévoilant ses dents en un rictus spasmodique qui faisait douter de son intégrité mentale.

Nicole n'avait pas cherché à le voir. D'ailleurs elle ne cherchait à voir personne. Sa porte restait obstinément close et, à plusieurs reprises, Georges l'avait entendue sangloter ou se plaindre en rêvant. Elle ne sortait de sa prostration que pour gagner la salle de bains et se doucher de longues minutes durant. Laurent n'allait pas mieux. Interrogé au téléphone il avait laissé paraître une angoisse qui n'avait pas tardé à se muer en agressivité. (« Bon Dieu ! Enfin ! Tu ne vas pas appeler toutes les cinq minutes, je ne suis pas encore infirme, je peux aller pisser tout seul ! »), une seconde après il s'était excusé et avait coupé court aux questions de Georges par une plaisanterie qui sonnait abominablement faux.

Le temps s'était immobilisé. Georges savait qu'il venait d'atteindre le point de non-retour. Jamais il ne pourrait oublier ce qui s'était passé au cours des dernières semaines. L'ombre de Jeanne lui collait désormais aux talons comme du goudron frais. Pas une seconde pourtant il n'arrivait à concevoir une quelconque animosité envers son tourmenteur. L'intolérable souffrance des révélations successives et contradictoires lui semblait aujourd'hui méritée. On n'avait fait que liquider un vieux compte. On lui avait présenté une note qu'il s'efforçait d'oublier. Après tout, n'était-ce pas ce qu'il désirait inconsciemment depuis si longtemps : expier ? Il fallait payer pour Jeanne, il fallait payer pour Nicole, pour Laurent... Il fallait...

Il avait fait son testament. Les trois quarts de sa fortune reviendraient à Nicole. Meubles, immeubles, actions, valeurs et comptes courants. Le reste serait pour Laurent. Et le reste n'était nullement négligeable. Même si le médecin devenait infirme, il aurait de quoi affronter l'épreuve sans se soucier des problèmes matériels. Georges n'avait su trouver d'autre dédommagement. Lamentable !

Depuis qu'il avait regagné la villa ses nuits étaient peuplées de cauchemars. L'un d'eux l'obsédait tout particulièrement. Il était nu, attaché à un poteau au milieu d'une place publique (la Concorde peut-être ?). Une foule immense défilait, le couvrant d'insultes, lui crachant au visage. Certains même s'arrêtaient pour se débraguetter et uriner sur son ventre avec de grands rires vengeurs, d'autres lui jetaient des pierres ou des pavés, et — à aucun moment — il ne songeait à s'en plaindre. Il acceptait la boue, il acceptait l'ordure car il ne pouvait plus attendre autre chose n'étant lui-même qu'un déchet.

Il aurait aimé croire en Dieu, mendier une confession. Au lieu de cela il se retrouvait seul face à ses remords. L'homme à la cagoule rouge avait sondé les tréfonds de son âme, n'oubliant aucune bassesse, aucune lâcheté. Aujourd'hui Georges savait parfaitement qu'il n'aurait jamais le courage de vivre avec le poids de ses crimes. Sa couardise allait triompher une fois de plus, choisissant la solution de facilité : il allait se tuer, il en avait pris la ferme résolution à l'instant même où il avait quitté le cul-de-sac dévasté de l'ancien passage Sainte-Hermine. Depuis, le pistolet attendait son heure dans le tiroir du secrétaire. Mais avant de tracer le mot de la fin, il devait mettre ses affaires en ordre. Il avait déjà passé plusieurs coups de fil, assuré (sous couvert de maladie) son intérim aux éditions, liquidé les contrats en suspens, mis à jour sa comptabilité. Tout était prêt pour une passation de pouvoirs, Nicole n'aurait aucune difficulté à prendre la barre. Il avait longuement hésité à rédiger une confession écrite qui serait remise à la jeune femme après son décès, mais là encore sa lâcheté avait repris le dessus. Il préférait partir en la laissant dans l'ignorance de sa véritable personnalité. On mettrait son acte sur le compte d'un moment de dépression, et voilà tout. Il resterait intact dans la mémoire de ses proches, lui qui...

Pour qu'aucun doute ne plane sur la nature réelle de sa mort, il avait résolu de se tuer dans un lieu public, en présence de multiples témoins, ainsi Nicole ne connaîtrait pas les grossiers sous-entendus des enquêteurs, leurs questions et leur suspicion maladive. C'était le moins qu'il puisse faire pour elle.

Avec un masochisme exacerbé il s'appliqua à détruire tous les souvenirs qu'il avait accumulés au cours des années. Dans le petit brasero du parc il brûla ainsi ses photos de famille, les albums de timbres de son enfance, les lettres, les journaux intimes, les carnets, ses livres préférés, ses poèmes d'adolescence, des boucles de cheveux, des pièces de lingerie féminine élevées au stade de fétiche, et tant d'autres choses dont il ne soupçonnait même plus l'existence. Il aspirait au néant. Rien ne devait subsister de lui, ni trace ni ombre. S'il avait pu, il aurait mis le feu à la villa, au siège des éditions, à sa voiture, à... Il lui fallait se contenter de destructions symboliques, d'actes magiques qui le mettaient en règle avec lui-même. Il prit à ce petit cérémonial un plaisir extrême et morose. Une délectation narcissique et suicidaire. Lorsqu'il regagna la maison, les mains noircies, empestant la fumée, il songea qu'il lui fallait vider sa penderie, laisser la place nette. Il puisait dans cette volonté d'humiliation un réconfort certain.

Il se rendit à la cuisine, exigea de Mme Irma, la femme de ménage, qu'elle lui remît une dizaine des grands sacs de plastique qu'elle utilisait pour l'évacuation des déchets, et regagna sa chambre où, pendant une demi-heure, il se livra à un véritable travail de vandale, renversant les tiroirs, vidant commodes et placards. Les joues en feu, il tassait les vêtements au fond des sacs, froissait costumes, chemises, lingerie, comme s'il se fût agi de simples oripeaux. Sa besogne acharnée le conduisit jusque sur le palier, l'exposant aux regards de la grosse femme en tablier bleu. Il n'en avait cure. A présent il haletait, la sueur au front, piétinait au milieu des cravates, des cachemires. Une multitude de boutons de manchette craquaient sous ses semelles, telles les perles éparses d'un collier brisé.

Il comprit soudain qu'il ne cherchait inconsciemment qu'à reproduire un autre saccage : celui qui avait entraîné la destruction des manuscrits de Jeanne, cet exorcisme puéril où il avait cru effacer les dernières traces de l'enfant noir. Cet autodafé où il avait espéré brûler ses remords...

Il tomba à genoux, les yeux irrités par la transpiration qui débordait de ses sourcils. Une autre scène l'agressa aussitôt, ne lui laissant pas de répit, se calquant au présent, caricaturant ses efforts. Il se revit, entassant les vêtements de Jeanne dans de grands sacs en papier brun, roulant en boule imperméables et chemisiers... Il eut un frisson, les événements se reproduisaient, la boucle se bouclait. Ironie du destin. Des images défilaient sous ses paupières... Mme Irma refusant de toucher aux vêtements de la morte, les paquets traînés au bord de la route, la

162

mauvaise conscience... Il avait tassé les sacs contre le mur d'enceinte, de manière à ne pas les apercevoir de la villa. Une lâcheté de plus. Il avait agi avec rapidité, comme un voleur, prenant bien garde à ne pas se retourner. Pas une seconde il ne s'était senti observé, alors que l'homme rouge n'avait jamais été en fait si proche de lui ! Alors que, dans quelques secondes à peine, il allait s'emparer des reliques jetées au bord du chemin, alors que l'engrenage de sa vengeance allait amorcer son premier tour de roue... *Alors*...

Il se secoua, se releva en titubant. Les paquets l'entouraient, outres informes et grotesques, chenilles de plastique bleu, cocons boursouflés. Il fit signe à Mme Irma.

— Ce sont de vieux vêtements, haleta-t-il d'une voix méconnaissable, vous les déposerez au bord de la route, pour les chiffonniers...

Puis, par simple besoin de se faire mal, il ajouta :

— Comme ceux de Mme Jeanne.

La grosse femme le dévisageait curieusement. Tel un disque rayé, il répéta :

— Comme ceux de Jeanne...

Il devait être pâle à faire peur. La femme de ménage ne bougeait pas, s'essuyant nerveusement les mains à son tablier bleu. Elle toussa, gênée, ébaucha un geste maladroit.

— Bien Monsieur.

Voilà, c'était fini. Il avait gommé sa trace. Dans peu de temps il n'aurait même jamais existé.

Allons donc ! De quoi essayait-il de se convaincre ? Il ne pouvait effacer toutes ses traces ! Surtout pas celles qu'il avait imprimées sur la chair des innocents. Il laissait derrière lui une piste rouge, qu'il le veuille ou non, une piste de nuisible, de prédateur...

Il roula le mot sur sa langue : *Nuisible*.

Il s'assit sur les marches de l'escalier. Un grand calme venait de se faire en lui. Son corps ne pesait plus rien, sa peau était devenue parfaitement insensible. Sa respiration se ralentit à l'extrême comme celle d'un homme qui s'endort. Il lui sembla même que son cœur battait moins vite.

Peut-être allait-il s'arrêter, le dispensant de... ?

Il médita quelques secondes, les yeux dans le vide. Où était le courage ? Où était la lâcheté ? Etait-il lâche de vouloir se tuer pour fuir le remords ? Aurait-il le courage de presser la détente ? Un suicide, est-il un acte de courage ou une preuve de démission ? Eternelle question. Mais vivre avec le poids des remords, affronter cette torture permanente, n'est-il pas une preuve de courage... ou de suprême lâcheté ?

Il n'y avait rien derrière les mots, que le gouffre du relatif.

Le temps n'était plus aux discours. Il se releva, éparpillant les sacs, poussa la porte du bureau. Dans le tiroir du secrétaire l'arme attendait, grise. Un peu d'huile avait coulé des jointures de la mécanique, tachant un dossier. Il glissa l'engin de mort dans sa poche. C'était lourd et malcommode mais il ne pouvait pas traverser la ville le pistolet à la main. Maintenant il ne voulait plus réfléchir. Il s'assura de la présence de ses papiers dans la poche intérieure de sa veste, se recoiffa machinalement. Il n'aurait recours à aucun cérémonial de dernière minute : pas de lettre d'adieu, pas d'ultime baiser, aucun de ces ornements mélodramatiques qui font la pompe habituelle des suicides. Il ne se rasait ni ne s'habillait. Il mourrait en sentant la sueur, comme un malpropre.

Il quitta la villa sans se retourner, avec le profond besoin de banaliser l'événement au maximum. « Jusqu'à présent tout va bien ! » songea-t-il en se lançant à l'assaut de la grand-rue.

Personne ne faisait attention à lui, personne ne le montrait du doigt. Il avait pris la direction de la gare. Une seconde il hésita : un café ? Le monument au milieu de la place ? Non, il lui fallait un endroit où les gens, désœuvrés, s'appliquent à détailler ceux qui les entourent. Le quai de la gare serait très bien...

Il pressa le pas, vidant son esprit. Maintenant tout

allait très vite, les images défilaient, s'inscrivant à grand-peine sur sa rétine, mourant avant d'arriver au cerveau. Le hall carrelé, les affiches de voyages, un avertissement : *N'oubliez pas de composter votre billet*, la coulée rectiligne du quai « Paris-omnibus »...

La pendule effeuillant ses chiffres peints. Deux contrôleurs attendaient l'arrivée du prochain train. Il y avait aussi une jeune femme, cinq ou six adolescents, un vieux en béret avachi. Georges agissait comme dans un rêve, il repéra une pile de valises étiquetées devant l'entrée de la consigne, l'escalada d'un bond. Son geste n'avait pas échappé aux contrôleurs. L'un d'eux fit un pas en avant, suffoqué... « Hé, vous ! »

La casquette galonnée se rapprochait. « Tout cela est stupide, pensa Georges en posant le canon de l'arme sur sa tempe, si stupide ! »

Au moment où son doigt pressait la détente, il fut traversé par une brève sensation de contentement : « J'ai tout de même pu aller jusqu'au bout ! »

16

L'officier de police serra la main de la jeune femme avec un frisson désagréable au creux des omoplates. La petite paume aux longs doigts était sèche, rugueuse comme un morceau de bois. Baissant les yeux il s'aperçut que la peau en était exfoliée, squameuse. Une allergie peut-être ? Il se ressaisit, débita une phrase de circonstance. Nicole hocha la tête, lointaine, raidie dans son austère tailleur d'institutrice qui dissimulait ses formes. L'officier de police songea qu'il était regrettable qu'une si jolie fille s'habillât aussi mal. On eût dit qu'elle cherchait à toute force à s'enlaidir, à gommer sa féminité... Il recula. On avait emmené le corps depuis un moment mais la flaque de sang était toujours là, au bas de la pile de valises, tirant l'œil. L'officier de police chercha machinalement une cigarette, se ravisa.

— Faites ça avec du doigté, avait grogné le commissaire une seconde après l'appel du chef de gare, de l'élégance. Ce type c'était presque un notable... Eloignez les journalistes. Il y aura bien assez de ragots...

Plus tard, dans la voiture, il avait demandé à François, son équipier :

— Tu le connaissais ? Pourquoi il a fait ça, merde, il était plein aux as !

Le gros Breton avait secoué la tête, affichant soudain l'air docte qu'il s'appliquait à prendre dès qu'il était question de « psychologie ».

— Et alors ? L'argent c'est pas tout ! Sa première femme s'est suicidée y a six ou sept ans, exactement au même endroit. En ville on disait qu'il s'en était jamais remis. Ma sœur connaît la mère Irma, celle qui fait le ménage chez eux. Il buvait à ce qu'on prétend. Et puis c'était un dépressif, toujours dans ses pensées, toujours à ruminer. Rien d'un joyeux drille, tu peux me croire, sa petite femme a pas dû rigoler souvent !

Tout de même, se faire sauter la tête devant dix personnes sur un quai de gare ! L'officier de police tassa rageusement les poings au fond de ses poches. Il avait fallu amener une ambulance, l'un des témoins (le petit vieux) ayant fait un début d'attaque.

Le commissaire avait pris sur lui d'avertir le Dr Laurent qu'il savait être un ami d'enfance du suicidé, et avec qui il jouait parfois au tennis le dimanche. Il grimaça, la nouvelle s'était répandue en quelques minutes à travers toute la ville amenant une foule de badauds aux alentours de la gare ; les voitures de la brigade avaient dû s'ouvrir un chemin toutes sirènes hurlantes ! Depuis près d'une demi-heure on n'entendait plus que les coups de sifflet rageurs des agents qui tentaient de refouler les curieux.

A présent la jeune femme s'appuyait sur le bras du docteur, son masque hautain avait craqué et ses lèvres s'agitaient spasmodiquement. « Pourvu qu'elle nous fasse pas une crise de nerfs ! » songea l'officier de police en tirant sur une cigarette imaginaire.

— On peut remballer ! lui souffla le gros François dans l'oreille. Le quai se vidait. Un petit vent froid se mit à remonter la voie ferrée.

— Je m'occupe d'elle, murmura Laurent, ne craignez rien, je l'accompagnerai pour la déposition. Merci de votre tact.

Nicole pesait sur son épaule. Ils traversèrent le hall, s'engagèrent sur le quadrillage du parking. Une houle de têtes avides salua leur apparition. Une salve de flashes crépita.

— Je te ramène, fit le médecin, je viendrai récupérer ta voiture plus tard, tu n'es pas en état de conduire.

Un agent les salua, une main au képi, et leur ouvrit la voie. Le véhicule fendit la foule, suivi par des centaines d'yeux brillant d'excitation. Sur la grand-rue la circulation était à peu près normale. Ils prirent la direction de la villa, essayant d'ignorer les visages qui, de part et d'autre de la chaussée, s'immobilisaient à leur passage en une double haie d'étonnements indécents.

Nicole examinait ses paumes, ses doigts. Elle eut une moue dégoûtée :

— Avec tes idioties j'ai des mains de centenaire ! Regarde ça, une vraie peau de crocodile !

Laurent haussa les épaules, réprimant l'irritation qu'il sentait monter en lui.

— Allons, une semaine de crème hydratante et il n'y paraîtra plus. Tu sais bien que c'était nécessaire.

Elle ricana.

— Il n'était peut-être pas utile de fignoler à ce point !

Laurent serra les mâchoires.

— Aucune précaution n'était superflue. Tu ne vas pas faire une montagne pour si peu ! Tu l'auras cet après-midi ta crème, promis...

Il avait essayé d'adoucir sa voix, de transformer l'acidité de ses paroles en boutade. Nicole avait pris un air buté. Il eut envie de la gifler.

— Bon sang, murmura-t-il d'un ton conciliant, tout est fini, nous avons réussi, pourquoi nous quereller ? Il faut nous détendre. Okay ?

— Fini, fini, tu vas vite ! Il y a encore les dépositions à signer, l'enterrement...

— Le plus dur est passé. Nous avons répété la scène du commissariat plus de cent fois, tout est au point, tu sais parfaitement ce que tu as à dire.

Il leva le pied, franchit la grille. La masse imposante de la villa lui sauta au visage.

— Tu vas aller t'étendre, chuchota-t-il en coupant

le contact, repose-toi une heure. Tu veux un tranquillisant ?

— Non ça ira. Mais j'ai du mal à réaliser que c'est fini...

— Ça va venir.

— Tu montes ?

— Non, je vais rester en bas, dans le salon. Il va sûrement y avoir des visites ou des coups de fil.

Elle avait repris son calme.

A l'instant où elle ouvrait la portière elle lui adressa un sourire câlin :

— Excuse-moi, j'étais si énervée... Ce petit flic qui n'arrêtait pas de me reluquer !

— C'est fini. A tout à l'heure...

Il la regarda monter les marches du perron avec un certain soulagement. Pourquoi avait-il soudain le désir de lui tordre le cou ?

Quand il fut certain qu'elle avait gagné le premier étage il sortit à son tour et pénétra dans le hall. La maison était vide et froide comme une épave. Il se laissa choir dans un fauteuil, face au jardin, se versa un verre. L'alcool explosa dans son estomac, lui amenant le feu aux joues. Il fallait qu'il réfléchisse, c'était plus fort que lui, qu'il repense aux... événements.

Georges était mort...

Les mots se vidaient de leur substance. Les syllabes ne produisaient plus que du vent. Georges était mort...

Laurent renversa la tête, ferma les yeux. Il écoutait les bruits de son corps, il tendait l'oreille comme un homme qui guette dans la nuit les craquements d'un incendie naissant. *La joie allait venir*... Ou du moins le soulagement. Quelque chose allait se produire qui répondrait en écho aux roulements de sa haine.

Quelque chose...

17

A présent le scénario de la machination défilait dans son crâne, aussi détaillé qu'un feuilleton télévisé. Les dialogues fusaient, il lui semblait voir remuer les personnages, se planter les décors.

La haine de Laurent n'était pas neuve, elle plongeait ses racines directement dans l'enfance, s'alimentant de querelles anodines, de mesquineries de gamins. Elle était inexplicable mais solide comme toutes les inimitiés nées de griefs obscurs et informulés. Elle était vivante et tenace comme une mauvaise herbe. Irréfléchie et destructrice.

Du plus loin qu'il se souvînt, Laurent gardait l'image d'une camaraderie malsaine, tissée de dégoût et de fascination. Georges et lui se jalousaient mutuellement, chacun pour des raisons différentes. Ils se détestaient mais s'attiraient tels le fer et l'aimant, victimes d'une hypnose inexplicable. La vie est pleine de ces guerres muettes qui déchirent les êtres et les familles, de ces fleurs vénéneuses qui ont germé sur le fumier des vétilles enfantines et empoisonnent les relations des adultes. « Nous avons quarante ans et je te hais parce que tu m'as poussé dans le lavoir le jour de ma communion solennelle ! » Combien de rancœurs cultivées sur ce terreau dérisoire ?

Tout s'était concrétisé six ans plus tôt, lorsque Georges lui avait présenté Jeanne. Pour la première fois de sa vie Laurent s'était senti désarmé devant une femme et, bien qu'il ait eu longtemps du mal à se l'avouer, cette grande fille froide qui l'avait à peine effleuré du regard, l'avait intimidé. Intimidé, lui qui avait perdu l'habitude de compter ses maîtresses, lui dont le passé de coucheries faisait pâlir d'envie plus d'un séducteur professionnel ! Intimidé par cette martienne aux yeux d'absence, dont on ne pouvait même pas dire qu'elle était belle !

Et pourtant...

Quelque chose se dégageait de Jeanne, une aura vénéneuse et glaciale, la marque d'un univers différent. Elle était comme ces fleurs tropicales dont on ne sait jamais si elles sont très belles ou très laides, si leur parfum séduit ou donne la nausée, si elles ont le pouvoir de guérir ou de tuer. « Je ne l'aurai jamais », à l'instant même où la main de Jeanne avait effleuré la sienne, cette certitude s'était allumée en lettres de feu dans son esprit. Il n'était pas amoureux d'elle et il ne pensait pas qu'il pût le devenir, non, c'était une simple constatation. Un théorème mathématique. Ils n'appartenaient pas au même monde, ils se déplaçaient sur des orbites différentes, ils ne se rencontreraient jamais. Jeanne n'était pas sensible à son charme, elle avait regardé à travers lui comme s'il eût été de verre ; elle avait touché ses doigts comme elle l'aurait fait d'un objet inanimé. Avec une sorte de vertige intellectuel il avait réalisé QU'IL N'EXISTAIT PAS POUR ELLE ! Il n'avait aucune épaisseur dans son monde, il n'était qu'une ombre...

Et cet éblouissement l'avait amené au bord de la nausée.

Ce soir-là il fut jaloux de Georges comme jamais il ne l'avait encore été.

Une haine froide vitrifiait son cerveau, une haine de collectionneur, d'entomologiste. Il aurait voulu disséquer cette grande brune un peu voûtée aux cuisses de biche, il aurait voulu fracturer la chambre forte de son cerveau, prendre connaissance des formules essentielles qui régissaient sa vie. Que faisait-elle avec un être aussi falot que Georges ? Quel mot clé possédait-il que lui, Laurent, ignorait ?

« Je ne l'aurai jamais ! »... Elle n'était même pas jolie, et elle lui refusait l'existence, la vie !

Il n'était pas de sa planète, mais comment se pouvait-il que Georges... ?

Pendant un an ils se fréquentèrent assez peu et, chaque fois qu'ils furent en présence, Jeanne lui témoigna cette indifférence nonchalante qu'on réserve d'ordinaire aux domestiques, ces ectoplasmes serviles et sans visage placés sous la loi du silence. Aussi ne fut-il pas peu surpris lorsqu'il la découvrit assise dans son salon de consultation, par un méchant après-midi d'automne. Ils ne s'étaient pas vus depuis pratiquement trois mois, et tout de suite, elle lui adressa la parole avec une chaleur qui lui parut suspecte. Elle, qui n'ouvrait pas la bouche en sa présence, parlait ce jour-là avec une facilité déconcertante. Les mots se bousculaient au bord de ses lèvres, trop longtemps contenus, véritable hémorragie d'images, de phrases, englüant le médecin dans la toile d'une mélopée hypnotique au pouvoir dangereusement évocateur.

Il lui fallut près d'une demi-heure avant de réussir à dégager les grandes lignes du problème : elle souffrait d'angoisses obsessionnelles depuis plusieurs années, le mal — qu'elle avait pensé endormi pour longtemps — venait de se réveiller, nécrosant jour après jour son imagination. Elle avait cru un temps exorciser ses névroses par le biais de l'art, mais cette soupape de sûreté ne fonctionnait plus. Elle avait de plus en plus de mal à différencier le réel de l'imaginaire, et Georges, loin de l'aider, s'était retranché dans une réserve non dénuée d'un certain dégoût. Il la laissait seule des journées entières, s'absorbait dans son travail, niait ses problèmes comme s'il se fût agi des symptômes d'une maladie honteuse. En désespoir de cause elle s'était tournée vers la seule personne capable de l'écouter : Laurent. Le seul qui fût disponible aux heures de solitude, quand la marée noire des fantasmes menaçait de déferler sur sa conscience.

Il avait été profondément troublé. Par réflexe professionnel il l'encouragea à entreprendre une analyse et lui communiqua l'adresse d'un confrère. Elle repoussa cette solution avec horreur, empocha distraitement une ordonnance où s'alignait un nombre impressionnant de neuroleptiques et disparut sans même un au revoir.

Elle prit bientôt l'habitude de venir le consulter tous les jours. Elle entrait, s'asseyait, parlait. La pierre d'achoppement de son délire consistait en un enfant vêtu de noir, sorte de symbole accusateur qui gangrenait chaque jour un peu plus son esprit. Par recoupements successifs, Laurent ébaucha l'hypothèse d'un puissant sentiment de culpabilité. Jeanne semblait hantée par le souvenir d'un avortement ancien, perpétré dans des conditions particulièrement horribles, mais n'étant nullement spécialiste il se garda d'en tirer des conclusions hâtives.

En fait, dès l'abord, il avait été victime du magnétisme de la jeune femme. Ses monologues insensés, où elle ne lui laissait pas le loisir d'intervenir, lui étaient devenus aussi indispensables qu'une drogue. Durant ces trop brèves minutes, il la VOLAIT À GEORGES ! Elle lui appartenait ! C'était Georges à présent dont elle niait l'existence ! C'était Georges qu'elle ravalait au rang d'ectoplasme ! Le subtil mécanisme de son indifférence venait de se renverser, comme un sablier qu'on retourne. La sphère de Georges se vidait lentement, perdait sa substance. Dans l'esprit de Jeanne il finissait par se confondre avec les ombres...

Il se grisa de ce revirement, de ce transfert quasi magnétique. Puis, un beau jour, ouvrant la porte du salon de consultation, il constata l'absence de Jeanne. Un grand vide se fit en lui, immédiatement suivi par les émanations d'une bouffée d'angoisse. Pourtant, le soir, lorsqu'il téléphona à la villa sous prétexte d'une invitation à dîner, Georges lui affirma de sa voix la plus neutre « que Jeanne allait très bien et qu'elle travaillait à son prochain livre » ! Quand il raccrocha le combiné, sa haine pour l'éditeur avait passé les bornes du supportable. Il eut brusquement la certitude qu'il se devait de transformer en actes cette formidable masse d'énergie inemployée sous peine d'être lui-même détruit.

Plus tard il se posa la question de savoir si, à un moment ou un autre, il avait aimé Jeanne. Force lui fut de répondre par la négative. Il n'avait valorisé Jeanne que dans la mesure où elle lui permettait de s'affirmer contre Georges, c'est tout.

A quelque temps de là, il fut réveillé en pleine nuit par un coup de sonnette anormalement prolongé. Il devait être une heure du matin, peut-être un peu plus. Quand il se pencha sur la grille de l'interphone il eut la surprise de reconnaître la voix de Jeanne ! Elle fit irruption dans son appartement l'air hagard, les cheveux fous. Une vieille casquette plantée de guingois sur sa tête lui donnait un air incroyablement vulgaire. Elle était enveloppée dans un affreux trench-coat aux boutons rugueux, et tremblait de tous ses membres. Il réussit à grand-peine à la faire étendre et à lui administrer une piqûre calmante. D'une voix blanche elle lui avoua qu'elle avait tenté de tuer Georges quelques minutes plus tôt.

La nouvelle ne l'effraya pas outre mesure, *comment ne pas avoir envie de tuer Georges ?* Ne nourrissait-il pas lui-même ce désir depuis des années ?

Elle lui fit promettre de ne pas faire appel aux services hospitaliers avant l'aube. Il y consentit sans peine. Ce fut une nuit étrange, irréelle. Dès qu'il eut éteint la lumière Jeanne se dépouilla de ses vêtements et vint le rejoindre sur le lit. Ses mains, ses pieds, ses seins, étaient glacés. Elle se coucha sur lui comme si elle voulait absorber toute sa chaleur, elle buvait sa moiteur comme les serpents qui se lovent sur une pierre chaude. Il referma ses bras sur les omoplates saillantes de la jeune femme avec l'impression d'étreindre une statue. Il comprit qu'après avoir voulu donner la mort elle voulait donner l'amour, sa part blanche tentait désespérément d'équilibrer sa part noire, de contrebalancer sa démence meurtrière par un acte de plaisir. Lorsqu'elle s'empala sur son sexe, une pensée le fusilla : « Je fais l'amour avec une FOLLE ! » Il eut honte de lui, mais l'idée restait là, accrochée à sa conscience, toutes griffes dehors : *Avec une folle !* Dans un instant elle allait peut-être le mordre à la gorge, déchiquetant la veine jugulaire d'un coup de dent, à moins... Il se maîtrisa bientôt et ne pensa plus qu'au ventre qui l'aspirait. Elle le fit jouir plusieurs fois, ne lui laissant aucun répit. A la fin, épuisé, il se mit à dériver aux frontières du sommeil et bascula dans l'anéantissement sans même s'en rendre compte.

Quand il ouvrit les yeux, Jeanne n'était plus là. Elle avait quitté l'appartement vêtue de sa seule robe, oubliant son manteau et sa casquette sur la descente de lit, comme quelqu'un qui ne s'arrête plus à de tels détails. Il en conçut aussitôt une grande inquiétude. Dans le cabinet de consultation il découvrit le sol jonché d'une multitude de fragments de papier. Jeanne, après avoir couvert le bloc d'ordonnances d'une petite écriture serrée, l'avait mis en pièces. Qu'avait-elle tenté de rédiger ? Un adieu, une confession ?

Une heure après il apprenait le suicide de la jeune femme dont le corps déchiqueté venait d'être retiré des rails.

Il resta abasourdi une bonne partie de la journée, incapable de démêler ses sentiments. Colère, remords, souffrance, haine, il lui sembla que ses nerfs chevauchaient un carrousel infernal, un manège aux montures en perpétuelle métamorphose. La conclusion s'imposait d'elle-même : Georges portait l'entière responsabilité de la mort de Jeanne. Georges, et seulement Georges.

Machinalement il entreprit de ramasser les fragments d'ordonnances, des mots lui sautaient aux yeux : *enfant noir, Jeanne, Georges*... Il comprit qu'elle avait tenté un dernier exorcisme, qu'elle avait essayé d'exsuder jusqu'à l'ultime goutte du mal, et qu'elle avait échoué. Irrémédiablement échoué. Il empila les morceaux dans une boîte, se promettant de les assembler dès qu'il en aurait le loisir. Il voyait dans ce puzzle de phrases rompues l'héritage de Jeanne, quelque chose qui ne pourrait, lui semblait-il, qu'apporter de l'eau au moulin de sa haine.

Il s'habilla, sortit. La ville était pleine de l'événement. Instinctivement ses pas le conduisirent à la villa. C'était plus fort que lui, il lui fallait ausculter le visage de Georges, faire le diagnostic clinique d'un homme qui avait laissé sa femme s'enfoncer dans la folie sans lui tendre aucune perche. Lorsqu'il arriva dans le jardin, il aperçut l'éditeur au travers des portes-fenêtres du rez-de-chaussée. Totalement hagard, il se livrait à une gesticulation insensée, empilant dans la cheminée un invraisemblable fouillis de toiles, de châssis et de manuscrits. Il était à ce point abîmé dans son travail de saccage qu'on aurait pu faire donner le canon sur la pelouse de la maison sans parvenir à lui faire tourner la tête. Au bout de cinq minutes Laurent renonça à entrer et tourna les talons. Georges n'avait pas regardé une seule fois dans sa direction.

Le soir même il entreprit l'assemblage du puzzle. C'était un véritable défi à la patience. Une trentaine de pages couvertes d'une écriture minuscule et déchirées chacune en vingt morceaux. Il crut qu'il allait y perdre la raison. Pourtant, au fil des jours, le manuscrit se reconstitua, par pans isolés, par bribes éparses. Le drame vécu par Jeanne prenait consistance, les séquences se bousculaient, incohérentes, non chronologiques. L'enfant noir menait sa ronde macabre.

Quand il eut recollé la dernière ordonnance, Laurent se sentit gagné par une formidable jubilation. Il ignorait encore ce qu'il allait faire mais il savait d'ores et déjà tenir entre les mains la pièce maîtresse d'une machine de torture dont il ne faisait qu'entrevoir l'architecture, quelque chose de terrible, d'alambiqué, de baroque... de « chinois ». (Lorsqu'il était enfant tout ce qui lui semblait compliqué, tortueux, était aussitôt qualifié de « chinois »), eh bien, il allait édifier une vengeance chinoise, patiemment, recueillant çà et là les éléments qui lui manqueraient, bâtissant, ciselant, fourbissant. Un jour tout serait prêt. Un jour...

L'enterrement de Jeanne lui permit de vérifier l'état de dépression dans lequel se débattait Georges. La culpabilité se lisait sur son visage en lettres blêmes, il en fut réconforté.

Puis le temps passa. Le manuscrit, couturé par les cicatrices du ruban adhésif, partit rejoindre au fond d'un placard le manteau et la casquette oubliés. Reliques dangereuses analogues à ces obus-vestiges qu'on trouve dans les recoins de certains greniers et qui, malgré la moisissure qui les recouvre, ont gardé tout leur pouvoir de destruction.

Les années s'égrenèrent, toutes semblables. Trois ans à peine après le drame, Georges manifesta le désir de se remarier. La nouvelle élue pouvait se définir en quelques mots comme l'antithèse radicale de Jeanne, mais quoi de plus naturel ? C'était une petite dinde, ambitieuse et sûre d'elle, persuadée que son alliance avec un ponte de l'édition la mènerait au sommet. C'était mal connaître Georges !

Il ne fallut à Laurent guère plus de six mois pour mettre Nicole dans son lit. C'était une victoire facile, sans gloire aucune. Tenue à l'écart des intrigues littéraires et du monde des salons, elle s'ennuyait à mourir. Il s'était attendu à une aventure sans lendemain, un simple frottement de peaux, l'avenir lui prouva qu'il avait eu tort. Très rapidement en effet Nicole se révéla sous l'aspect d'une redoutable comploteuse. Dès lors, la facilité avec laquelle elle avait répondu à ses avances lui parut symptomatique d'une stratégie mûrement réfléchie.

Nicole ne concevait visiblement aucun remords à l'idée de tromper son mari. Leur vie conjugale, à peine esquissée, était déjà à bout de souffle (prétendait-elle), et elle accueillait cette aventure comme une bouffée d'oxygène au milieu des miasmes étouffants de la villa.

En vérité le phénomène d'attirance-répulsion qui liait Laurent à son ami d'enfance ne lui avait bien sûr pas échappé, et c'est avec un instinct très aiguisé d'aventurière qu'elle avait immédiatement perçu tout le parti qu'elle pourrait tirer d'un tel antagonisme.

Elle avait habilement encouragé les approches de Laurent. Lorsqu'ils firent l'amour pour la première fois sur le tapis du cabinet de consultation, elle regarda son amant au fond des yeux et lâcha, tout à trac :

— Tu le hais comme je le hais ! Ne proteste pas, c'est tellement évident. Il t'a toujours méprisé, toi et tes parents. Toi, le roturier, l'homme de basse extraction. Son amitié n'a été que démagogie, un moyen parmi tant d'autres pour se donner bonne conscience. Comme ces cocktails auxquels il t'invite par charité ! Je ne veux pas farder la vérité, je l'ai épousé parce que je pensais qu'il pourrait me servir de tremplin. Je croyais qu'il m'emmènerait partout, me ferait connaître des gens influents. Au lieu de ça, il m'a forcée à quitter Paris, il m'a cloîtrée dans sa villa, cette immonde bâtisse qui me donne la chair de poule. Il m'a mise hors circuit ! J'ai perdu toutes mes relations de travail. A cause de lui je ne suis plus rien, je n'ai plus de nom, je suis redevenue une INCONNUE !

Chaque fois qu'ils se rencontraient, sa hargne s'épanchait en longues diatribes : « Il est à demi impuissant », « C'est un malade, il est bourré d'obsessions. Il finira dans un asile », « C'est un déséquilibré ! »... Laurent écoutait, attendait, sachant pertinemment où Nicole voulait l'amener.

Un jour elle déclara d'un ton rêveur : « S'il devenait fou et se suicidait, j'hériterais de toute sa fortune. Je ne t'oublierais pas bien sûr... »

« S'IL DEVENAIT FOU ET SE SUICIDAIT », ces mots avaient trotté dans la tête de Laurent des nuits entières. Son imagination irrémédiablement séduite esquissait déjà des ébauches, instinctivement ; presque à son insu.

« Si on pousse quelqu'un au suicide, ce n'est pas vraiment un crime, renchérissait Nicole, nous ne presserons pas la détente. Il sera seul à le faire. TOUT SEUL. »

Le problème aiguillonnait le médecin. Déguiser un crime en suicide : quelle horreur ! Du travail d'amateur, de la besogne sans envergure d'assassin-bricoleur ! Mettre quelqu'un dans l'obligation de se suicider était autrement tentant ! De la haute voltige comme il l'aimait, une gageure, un défi au bon sens... Mais c'était cela même qui l'intéressait : mettre sur pied une machination impossible, baroque, un scénario semblable à ceux que Georges croyait malin de repousser, lui prouver qu'un piège apparemment fou pouvait parfaitement fonctionner dans la réalité, le happer, le broyer... Le détruire. Et Georges mourrait, tué par une histoire qu'il n'aurait pas manqué de REFUSER ! Quelle ironie délicieuse !

Dès le départ Laurent avait posé ses conditions : « Nous ne le tuerons pas nous-mêmes ! » avait-il exigé de Nicole. « Nous ne porterons pas la main sur lui, entendons-nous bien ! Il faut qu'il se détruise lui-même ! »

Elle avait acquiescé, le regard trouble à la seule idée de devenir un jour directrice des éditions. Laurent voulait une mise en scène fastueuse, du grand spectacle, quelque chose qui satisfasse son goût de la démesure. D'emblée il écarta plusieurs scénarios parfaitement réalisables mais dépourvus du moindre talent. Ces exigences irritaient la jeune femme, il n'en avait cure. Il attendait l'inspiration, le déclic...

C'est alors que les souvenirs avaient afflué... Le manuscrit-puzzle qui dormait au creux de son placard, roulé dans le trench-coat aux boutons rugueux, la casquette... La promesse qu'il s'était fait d'abattre Georges en un K.O. définitif. Les remords inscrits en rides blêmes sur le visage de l'éditeur, sa syncope-suicide au volant de sa voiture, et à laquelle Laurent qui faisait partie du cortège funèbre avait assisté le jour de l'inhumation. Tout ccla s'était imbriqué en une architecture à la fois simple et complexe. Il avait trouvé le levier théorique : la culpabilité, cette honte sournoise qui devait ronger Georges depuis des années, cet ulcère moral à la douleur somnolente qui ne demandait qu'à s'éveiller...

Laurent avait ciselé ses premiers pions, recopiant le manuscrit de l'enfant noir, jetant les bases d'une redoutable chorégraphie, prévoyant les hésitations, les velléités, tablant sur le pourcentage des chances.

Enfin il avait inventé *L'Homme Rouge*. Il avait bâti le traquenard mental qui devrait rendre Georges fou. Fou de remords.

Mise au courant Nicole n'avait pas caché sa joie : « Je savais bien qu'il gardait quelque part un squelette dans un placard ! Il joue son personnage de chef, d'homme fort, mais c'est un malade. Ses nerfs sont atteints, il boit à la moindre contrariété, jusqu'à sombrer dans le coma. C'est un pauvre type ! » Elle ne lui apprenait rien. Etudiant, Georges, au moindre examen raté, venait retrouver Laurent dans sa chambre à la cité universitaire. Il lui suffisait alors d'un verre ou deux pour perdre le contact avec la réalité. Son organisme n'avait jamais supporté l'alcool. « Au moins, ricanait Laurent, tu es un ivrogne économique. Tu n'auras pas besoin de te ruiner pour entretenir ton vice ! »

En tant que médecin il avait approché suffisamment de névropathes pour savoir que Georges ferait un merveilleux terrain de culture pour une éventuelle psychose. En tisonnant les cendres toujours chaudes de ses vieux complexes il ne serait guère difficile de raviver le foyer, de faire monter les flammes. Alors, mettant à profit le jour de la Sainte-Jeanne, il avait tapé le premier manuscrit et l'avait porté aux éditions le samedi matin, très tôt, sachant que Georges ne manquerait pas de passer et que l'aspect inhabituel de l'enveloppe retiendrait son attention. Il avait rongé son frein jusqu'au lendemain matin où Nicole avait pu enfin l'appeler, son mari étant sorti. « Il a eu la trouille », avait-elle lancé, victorieuse, « ça c'est sûr. Une sacrée trouille » ! Jamais Laurent ne s'était senti aussi bien. Il imaginait le désarroi de Georges, *persuadé de n'avoir jamais soufflé mot de son secret à personne*, terrassé par cette fausse évidence et découvrant pourtant — contre toute logique — cette tare cachée, là, noir sur blanc, tapée par la main d'un AUTRE ! De plus l'idée du feuilleton le séduisait : (*à suivre*) !

La trouvaille l'enchantait, jamais l'éditeur n'aurait autant palpité à la lecture d'un manuscrit. Jamais il n'aurait attendu le chapitre suivant avec autant d'impatience !

C'était grisant, il se vengeait des mortifications infligées durant son enfance par cette famille de parvenus. Il se vengeait des succès de Georges, de sa notoriété grandissante alors que lui-même resterait à jamais un petit généraliste de banlieue.

Ils avaient attendu. Tous les jours Nicole lui décrivait l'évolution de la situation : « Il boit beaucoup. Il s'est remis aux tranquillisants. Il a l'air complètement à côté de ses pompes. Il a un regard halluciné, par moments il me fait peur... »

Puis était venu le moment de frapper dur et fort. Le plus délicat aussi : l'offre de service du « génie ».

Laurent misait sur l'état d'hébétude de l'éditeur pour le contraindre à accepter de jouer le jeu. Là était la difficulté. Georges pouvait décrocher, refuser de mettre les pieds rue Sainte-Hermine, dans cette ruelle abandonnée découverte au hasard d'une visite à domicile, mais cela ne s'était pas produit. Georges n'avait plus assez de recul, irrémédiablement attiré, aspiré par le pôle magnétique de l'écrivain anonyme, il avait suivi le courant, cédant à ses pulsions suicidaires. « S'il est dans son état normal, il n'ira pas, avait observé Nicole, il aura trop peur. Mais la curiosité sera la plus forte. Il va boire pour se donner le courage d'y aller, lorsqu'il doit affronter un public qui n'est pas le sien, il se saoule toujours à moitié avant ! J'en ai l'expérience ! »

Après avoir déposé le manuscrit, Laurent avait gagné le toit de la maison par un dédale de cheminées, il avait vu arriver Georges, et il l'avait entendu repartir braillant comme un damné et visiblement ivre mort. La feuille en poche il revint chez lui. Le cabinet était fermé. Nicole l'attendait. « Il est totalement dingue ! hurla-t-elle en déchiffrant la page griffée d'une grande écriture baveuse, mais ce n'est pas trop dur à réaliser, j'avais peur qu'il n'imagine un accident de voiture, ou qu'il ne te supprime purement et simplement ! » Déjà Laurent s'était dévêtu, et collait des bandes adhésives sur son corps. « Ça va comme ça ? interrogea-t-il, il faudrait que tu me couvres le torse de pansements, ça fera plus impressionnant. Style "côte cassée", si tu vois ? »

Ils s'amusèrent comme des fous. « Mets-toi du mercurochrome, pouffa Nicole, les vrais blessés ont toujours du mercurochrome ! »

Cette fois Georges était réapparu le lendemain, blême, les traits tirés, la peau grise. Pendant toute leur entrevue, Laurent n'avait cessé d'épier le regard de son ami. Il avait vu l'étincelle féroce et réjouie qui dansait au fond des pupilles de l'éditeur lorsque celui-ci détaillait les bandages masquant les « blessures », les taches d'arnica recouvrant les « hématomes », et toute pitié l'avait fui.

Le jeudi suivant, ils étaient retournés à l'hôtel.

Nicole avait peur. « Et s'il nous tire dessus ? gémissait-elle, tu sais qu'il a un revolver ! »

Laurent haussait les épaules : « Pourquoi se salirait-il les mains, pourquoi prendrait-il des risques, puisqu'il a désormais un bourreau dévoué pour exécuter ses ordres ? »

Le soir même, à peine éteints les beuglements éthyliques de Georges, il récupérait passage Sainte-Hermine l'ordonnance de viol collectif.

« Il n'est pas rentré ! lui téléphona la jeune femme. Il doit être écroulé quelque part, il ne viendra pas de la nuit, c'est le moment ! »

Ils rirent beaucoup en préparant le « costume de violée » de Nicole. Elle sautillait devant la glace, s'appliquant à souiller son visage de rimmel avec le même soin qu'elle aurait mis à se parer pour le bal des débutantes.

« Déchire-moi mon soutien-gorge ! » commanda-t-elle. « Et mes bas ! »

Quand le déguisement avait été jugé suffisamment convaincant, elle avait gagné son placard en soupirant : « J'espère qu'il ne va pas mettre dix ans à revenir, sinon je ne pourrai plus me déplier ! »

Ensuite...

Peu importe en fait les modalités. Tout avait été conçu dans l'unique but de réactualiser le vieux complexe de culpabilité de Georges, de frotter la plaie nommée « Jeanne » jusqu'à ce qu'elle se remette à saigner. Puis, par un mouvement tactique d'une grande subtilité, de gonfler ses remords jusqu'à les rendre insupportables.

Nicole et Laurent s'étaient d'abord accusés pour éveiller la colère de Georges, le pousser à faire le mal. Avec une ruse sans nom ils avaient feint l'agression, exhibé des blessures fictives. Enfin, quand l'éditeur s'était trouvé confortablement installé dans le plaisir de la vengeance accomplie, ils avaient renversé la vapeur, s'innocentant par le truchement de l'homme rouge, ce pseudo-amant inventé de toute pièce. De criminels, ils étaient alors devenus victimes pantelantes, contraignant le mari berné à endosser contre son gré la défroque du bourreau. A ce moment ils savaient parfaitement que Georges ne supporterait pas cette nouvelle charge de remords, qu'il ne pourrait assumer une fois de plus le rôle de coupable, qu'il chercherait à expier par les moyens les plus radicaux...

Ils avaient mené leur barque de main de maître, avec une grande finesse psychologique, avivant plaie sur plaie, tisonnant les braises des vieilles hontes pour faire monter les flammes.

Ils avaient frappé au centre de la cible, sur l'unique point sensible, réduisant en poussière la pierre d'achoppement de la personnalité de Georges. Tout ce que l'éditeur avait essayé de bâtir s'était écroulé. Le maquillage savant de sa mémoire, le rideau de fumée dont il avait noyé son passé, tout avait été lavé en l'espace de quelques jours, laissant les accusations à nu... Ils avaient placé dans la bouche de l'homme rouge les propres pensées de Georges, ils avaient fait du mauvais génie la conscience de Georges. Ils n'avaient presque rien inventé. Tous les griefs énumérés dans *l'épilogue* laissé sur le guéridon de la rue Sainte-Hermine, Georges se les était probablement formulés depuis longtemps... depuis la mort de Jeanne il était sans aucun doute son meilleur détracteur, son propre juge. Et ce procès mental qui avait duré cinq ans s'était achevé par l'audition du dernier témoin à charge : cet homme rouge qui n'existait pas, ce symbole qui avait fini par prendre un poids énorme dans la balance. Laurent avait joué sur du velours, il avait soufflé sur les braises, jeté dans le feu de nouveaux combustibles, contribué à créer une nouvelle psychose. Il lui avait suffi de faire remonter à la surface cette vieille épave, de rendre présent, palpable, l'ancien crime de Georges. D'amener son ami à penser qu'il ne pourrait jamais rien faire d'autre que causer la souffrance, qu'il ne serait jamais qu'un coupable en proie à ses démons et prisonnier d'un éternel recommencement...

Il avait réussi.

Ils avaient réussi... Quelles avaient été leurs véritables motivations ?

Aujourd'hui encore Laurent ne parvenait pas à les démêler clairement. Nicole avait agi par goût de l'argent, elle n'en faisait aucun mystère, par volonté de s'élever sur l'échelle sociale, mais lui ?

Sa vieille haine ? Un désir plus ou moins formulé de venger Jeanne ? Finalement, s'était-il servi de Jeanne ou Jeanne s'était-elle servie de lui ?

N'y avait-il pas d'autres raisons moins avouables, plus profondes ?

Ne se sentait-il pas, en définitive, aussi coupable que l'éditeur de n'avoir pas fait le nécessaire lorsqu'il en était encore temps : à savoir, interner la jeune femme dans les plus brefs délais, la protéger contre elle-même ? Car il avait tardé — il le savait — jouissant de la situation, de sa supériorité reconquise, de l'ascendant qu'il prenait sur la folle chaque jour un peu plus... Il avait trop tiré sur la corde, et le contrôle des événements lui avait totalement échappé. Dans cet état d'esprit n'avait-il pas voulu accabler Georges sous le poids d'un remords qu'il n'était pas loin de ressentir lui-même ?

Allons ! Il divaguait !

C'était Georges le SEUL coupable. Georges et SEULEMENT Georges !

Comme Nicole paraissait éloignée de tous ces tourments ! Une seule certitude suffisait à combler son attente : l'héritage, le fric. Pour elle Georges n'aurait constitué qu'un épisode heureusement fort court ; pour Laurent il avait occupé plusieurs tomes. Une série, une saga, dont la dernière page venait d'être tournée.

Et maintenant ?

Après tant d'années de haine il se retrouvait soudainement face à un grand vide, et c'est avec une certaine épouvante qu'il en était réduit à se demander si — au bout du compte — *Georges n'allait pas lui manquer !*

Il frissonna tant cet étrange cheminement mental lui donnait le vertige...

Epilogue

Laurent sortit sur le perron de la villa. Un vent glacé griffait la pelouse, faisait gémir les arbres. Une feuille pourrie lui cingla la joue, il se détourna avec dégoût mais l'attouchement resta curieusement présent sur sa pommette, humide, gluant comme une peau de grenouille morte. Il frictionna sa chair du bout des doigts. C'était comme un baiser froid, la marque d'une bouche molle et sans vie.

Il chercha son mouchoir. Cela lui rappelait quelque chose... Une histoire racontée par Georges... *Quelque chose à propos d'un oiseau*. D'un pigeon malade plus précisément...

Durant quelques secondes il fouilla vainement dans sa mémoire, puis haussa les épaules. Sur sa joue la feuille morte avait laissé comme un triangle gelé.

*Du même auteur
chez le même éditeur :*

Collection Présence du Futur

Vue en coupe d'une ville malade
Aussi lourd que le vent
Sommeil de sang
Portrait du diable en chapeau melon
Le Carnaval de fer
Procédure d'évacuation immédiate
des musées fantômes
Le Château d'encre
L'Homme aux yeux de napalm
Le Syndrome du scaphandrier
Mange-monde
La Petite Fille et le dobermann
Les Lutteurs immobiles
Rempart des naufrageurs
Naufrage sur une chaise électrique

Collection Présence du Fantastique

Boulevard des banquises
La Nuit du bombardier

Collection Présences

Ma vie chez les morts

Collection Sueurs Froides

Le Nuisible
Le Murmure des loups
La Route obscure